ORC HERO
STORY
오크 영웅 이야기
촌탁열전

5

Characters

ORC HERO STORY

배시 님을 다른 오크와 같이 취급하고

얕잡아보다니, 서큐버스에게는

있어선 안 될 일이니까요⋯⋯!

비너스

일찍이 전장에서 배시 덕분에 목숨을
구한 서큐버스. 은인인 배시를
환영하고자 서큐버스의 나라로
방문하도록 부탁한다.

Venus

Ludo & Luka

루도&루카

어머니인 오거족 대투사 루라루라의
원수를 갚기 위해 여행 중인
쌍둥이 남매. 오빠 루도는
배시의 제자로 들어가고자 지원한다.

받아주세요!
나를, 당신의 제자로

예를 들자면 말인데요
오거는 상대로
어떠신가요?

미천한 오크가
내 시야에 들어오다니!

ORC HERO STORY 5

CONTENTS

제5장 서큐버스의 나라 복수의 남매 편

리후진 나 마고노테
illustration
아사나기
Rifujin na Magonote
Asanagi

ORC HERO
STORY

오
크

영
웅

이
야
기

촌탁열전

일러스트 — 아사나기

촌탁: 타인의 심정을 헤아리는 것, 또한 헤아린 상대에게 배려하는 것.

(출처: 프리 백과사전 『위키피디아(Wikipedia)』)

복수의 남매 편

Episode Revenge siblings

제5장

ORC

HERO STORY

Succubus country

서큐버스의 나라

1. 큰비

비가 내리고 있었다.

하늘은 번개로 빛나고, 그에 호응하듯 커다란 빗방울이 대지를 두들겼다.

강풍이 휘몰아쳐서 어지간한 전사라면 제대로 서 있지도 못할 정도였다.

다만 배시에게 그것은 운동 후의 샤워 같은 것이었지만.

"비, 그치질 않네요."

"그렇군."

배시가 비스트 나라의 수도 리칸트를 떠나고 며칠이 지났다.

여행 도중에 내리기 시작한 비는 곧 그칠 것 같았지만, 점점 강해지더니 이윽고 폭풍이 되었다.

폭풍은 그칠 기미도 없이 며칠이나 숲을 계속 흔들고 있었다.

"으─응, 그렇다고는 해도 역시나 앞이 잘 보이진 않네요."

젤이 몇 번인가 숲 위까지 올라가서 정찰했지만 비 탓에 시야가 좋지 않아서 100미터도 보이지 않는 상태였다.

그래도 젤은 역전의 페어리, 『아마도』 『대략』 『어찌어찌』의 ADO를 지표로 목적지의 방향을 이끌어내고 있었다.

완벽하다.

"자, 데몬의 나라는 이쪽이에요! 날씨는 좀 나쁘지만, 열심히 가는 거예요!"

"그래!"

큰비로 강이 범람하여 숲 여기저기서 홍수가 일어나고, 지나갈 수 있을 터인 길이 탁류로 뒤덮여 있었다.

배시는 때로 허리까지 잠기는 물속에서도 젤이 이끄는 방향으로 나아갔다.

데몬.

일곱 종족 연합의 맹주이자 모든 종족 중 최강이었던 이 종족을, 네 종족 동맹은 가장 두려워했다.

그렇기에 화평 당시에 네 종족 동맹은 데몬 나라를 대륙 끝으로 밀어 넣기로 했다.

대륙 북서쪽에 있는, 험난한 산과 깎아지른 절벽으로 둘러싸인 메마른 토지…… 전략적으로 가장 가치가 낮은 땅을 데몬에게 주고서 가둔 것이었다.

그렇기에 데몬의 나라에 들어가려면 큰 계곡을 넘어야만 했다.

아르카디아 협곡.

그런 이름이 붙은 계곡은 너무나도 깊고, 그러면서도 넓고, 바닥에는 강이 흐르고 있다.

강의 흐름은 무척 험해서 배시 레벨의 전사일지라도 다리를 이용하지 않고 건너기는 힘들 것이다.

계곡에 걸린 다리는 몇 곳 존재하지만 그곳에는 반드시 관문이 설치되어 있다.

관문은 요새화되어서 네 종족 동맹의 관리 아래에 운영되고 있었다.

그만큼 데몬이라는 종족은 두려움의 대상인 것이었다.

"오, 저거 국경 아닌가요?"

그러는 사이, 전방에 어렴풋이 무언가가 보이기 시작했다.

그것은 전시 중에 익숙하게 보았던 석조 건축물.

휴먼의 요새였다.

"삼엄하군."

"이 부근은 뒤숭숭하니까요. 국경도 튼튼하게 만들었거든요. 아마도."

이곳은 데몬 나라와의 국경에 위치한 관문이다.

요새화한 그 관물은 무척 삼엄했다.

곳곳이 내성 도료로 칠해지고, 요소에 마법진이 그려져 있었다.

휴먼의 건축 양식, 드워프의 내성 도료, 엘프의 마법진.

이곳은 비스트의 영지이지만 데몬의 나라를 감시하는 장소로서 각국이 협력하고 있는 것이다.

물론 그런 사실을 배시와 젤이 알 수도 없겠지만.

관문 입구는 휴먼의 특기인 두꺼운 철문으로 닫혀 있었다.

이것이 열리는 것은 정당한 통행증을 가진 자가 나타났을 때뿐이다.

그렇다, 예를 들자면 지금의 배시처럼.

"허술하네요. 문이 활짝 열려 있어요."

"음."

하지만 그런 요새의 문은 개방되어 있었다. 통행증, 관계없었다.

양쪽으로 열리는 두터운 문이 격렬한 바람을 받고서 삐걱삐걱

소리를 내며 흔들렸다.

"……무슨 일이 있었군."

배시는 등 뒤의 검을 뽑았다.

오랜 싸움의 감이 험악한 기척을 느끼고 있었다.

"피 냄새는 안 나는데요……?"

"인기척도 없군."

"흐─음, 일단 정찰하고 올게요!"

"부탁한다."

젤이 슈웅 소리를 내며 요새 안으로 들어갔다.

그에 이어서 배시도 방심하지 않고 요새 안으로 들어갔다.

"……이건, 뭐냐?"

그곳에 펼쳐져 있던 것은 꺼림칙한 광경이었다.

서류가 놓인 책상에 쓰러진 의자. 부서진 선반. 바닥에 뿔뿔이 떨어진 카드.

싸움이 벌어진 다음의 모습이다, 배시는 그렇게 판단했다.

느긋한 상황에서 갑자기 누군가에게 습격당했을 때, 이런 광경이 남는다는 것을 배시는 잘 알고 있었다.

그러나 부족한 것이 있었다.

시체나 혈흔이다. 싸움이 벌어졌다면 확실하게 존재하는 것.

누군가가 시체나 혈흔을 정리했다고 보기에는, 가구나 카드가 흐트러진 모습은 너무나도 부자연스러웠다.

"……으음."

이 광경을 만들어냈을 누군가의 기척은 없었다.

배시는 옆에서 보면 빈틈투성이, 하지만 눈썰미 있는 사람이 본다면 일체의 빈틈없이 그 공간을 걸어갔다.

배시는 꺼림칙한 상황이 펼쳐진 공간을 지나서 통로 안쪽, 데몬 나라의 입구…… 다시 말해 요새 출구로 왔다.

마차 두 대가 서로 지나갈 수 있을 정도로 넓은 통로 안쪽에서는 입구와 마찬가지로 커다란 문이 바람에 흔들리고 있었다. 게다가 폭풍에 흔들리는 문 안쪽을 보니, 쏟아지는 비가 계곡에 걸린 돌다리를 적시고 있었다.

돌다리 역시도 너덜너덜하게 무너져 있었다.

격렬한 전투가 있었던 것은 틀림없었다.

"당신—."

그곳으로 젤이 돌아왔다.

젤은 배시 주변을 휙휙 날아다니며 손짓, 발짓으로 상황을 가르쳐주었다.

"요새 안은 텅 비었어요. 무슨 일이 벌어졌는지도 영 모르겠어요. 다만 누군가가 여기서 날뛰고 시체를 없앤 건 틀림없어요."

"그런가."

배시는 어깨의 힘을 쭉 뺐다.

이곳에서 무슨 일이 벌어졌는지 신경이 쓰이지 않는다면 거짓말이다.

하지만 아마도 그들과는 관계가 없는 일이었다.

"그건 그렇고 곤란하네요. 관문에 아무도 없다면 밀입국을 의심받을 수도 있겠어요."

"……어떻게 하면 될까?"

"그러네요……."

젤은 주변을 둘러보고 흐트러진 서류를 주목했다.

"그렇지. 휴먼은 자주 종이에 명령 같은 걸 적잖아요. 그러니까 당신이 지나갔다고 종이에 적어두면 되지 않을까요?"

"그렇군, 그렇게 할까."

"그럼 내가 적어둘게요.『오크 히어로 배시, 이곳을 통과한다』라고."

문서 작성.

오크도 페어리도, 그다지 하지 않는 행위다.

글자를 쓸 수 있는 오크나 페어리는 거의 존재하지 않는다.

하지만 젤은 글자를 읽고 쓸 수 있었다.

글자를 읽는 것뿐이라면 모를까, 쓰는 것이 가능한 페어리는 셀 수 있을 정도만 존재한다. 게다가 다른 종족이 판별할 수 있을 수준의 글자라면 정말 한 손으로 세어야 할까……. 그렇기에 젤은 페어리 본국에서는『달필의 젤』이라는 이름을 제멋대로 사용했다.

"이걸로 괜찮겠죠…… 이 상황은 조금 걱정이지만요."

"휴먼 병사와 만날 일이 있다면 가르쳐주도록 하지."

"그러네요!"

혹은 지금이 전쟁 중이었다면, 두 사람은 요새의 상태를 바탕으로 위기를 탐지하고 본국까지 상황을 알리러 돌아갔을 것이다.

하지만 지금은 전쟁 중이 아니고 두 사람에게는 목적이 있었다.

그것을 생각한다면 요새가 텅 비었다는 사실을 누군가에게 전하는 것을 우선시할 수는 없었다.

"그럼 갈까."

"예!"

배시는 다시 검을 등에 지더니 폭풍 속으로 걸음을 옮겼다.

폭풍으로 엄청난 속도를 얻은 비가 배시의 온몸을 때렸지만 어차피 빗방울, 전쟁 중에 당한 물 마법과 비교하면 샤워나 마찬가지였다.

하지만 비는 배시의 시야를 빼앗기에 충분했다.

"으음?!"

위화감을 느꼈을 때에는 이미 늦었다.

비 탓인가, 혹은 누군가가 요새를 습격했을 때에 생겼는가.

돌다리에는 커다란 균열이 있었다.

그리고 그 균열이 배시가 다리를 얹은 순간, 우드득 소리를 내며 퍼지고…….

다리가 무너졌다.

"다, 당신—?!"

배시는 젤의 외침을 들으며 손쓸 도리도 없이 강으로 떨어지는 것이었다.

■

배시는 역전의 전사다.

온갖 적과 싸우고, 온갖 적을 쓰러뜨렸다.

그렇지만 그도 무적이자 불사신은 아니다.

'이건, 위험하군……'

폭풍으로 물이 늘어난 강은 탁류로 변하여 배시의 몸을 격렬하게 회전시키고, 손쓸 도리도 없이 몇 번이고 암반에 처박았다.

그는 물에 약한 것인가.

아니다, 그렇지는 않다.

오크는 숲의 백성이지만 전쟁 중에는 물과 관련된 전장이 다수 존재했다.

헤엄을 못 치는 전사라니, 셀 수 있을 정도로만 존재한다.

하지만 발 디딜 곳이 없는 장소에서 탁류에 삼켜진다면 제아무리 배시라도 몸을 자유롭게 움직일 수는 없었다.

'숨이……'

오크는 휴먼보다 몇 배는 길게 숨을 참을 수 있다.

그중에서도 배시는 여러 오크 중에서도 톱클래스로 숨을 오래 참을 수 있다.

그곳이 불길로 산소가 현저하게 부족한 장소이든 물속이든, 변함은 없다.

그렇게 호흡을 감추는 것 역시도 오크 전사에게 중요한 자질이다.

하지만 그것에도 한계는 있었다.

"어억."

이윽고 배시의 입에서 공기 덩어리가 새어 나왔다.

배시가 눈을 부릅뜨고 굳은 그의 몸에서 힘이 빠졌다.

조금 전까지 한순간이라도 기회가 있다면 강바닥을 박차서 조금이라도 떠오르려 하던 배시의 몸은, 검의 무게로 가라앉으며 강바닥을 구르듯 흘러가기 시작했다.

배시가 수면으로 떠오를 일은 두 번 다시는 없을 것이다.

그렇게 여겨졌지만,

"?"

갑자기 배시의 몸이 회전을 멈추었다.

희미한 의식 가운데, 배시는 무언가를 봤다.

물속에서 꿈틀대는 것이 있었다.

시야를 집중하더라도 그 윤곽을 볼 수는 없었다. 물과 동화되어 있는가, 혹은 물 그 자체인가. 다만 그 존재는 배시를 다정하게 감싸고 있었다.

힘겨웠을 터인 숨이 훅 편해지고, 자세가 안정되고, 강바닥이나 바위에 부딪히는 일도 사라졌다.

'정령……인가……?'

강인가, 혹은 구름인가, 폭풍인가.

정확한 상황은 알 수 없지만 그것이 물에 속한 정령이라는 것은 알 수 있었다.

배시는 정령을 보는 것은 처음이지만 그들의 존재에 대해서는 이전부터 들었다.

그들은 세계의 곳곳에 존재하며 자유분방하여, 때로 사람들에게 힘을 빌려주지만 때로는 사람들에게 해를 끼친다.

'어쨌든 감사해야겠지.'

배시는 비몽사몽 간에, 물에 떠내려가며 정령에게 감사했다.

정령은 그 말을 듣기는 했는지 연신 꿈틀댔다.

배시는 어째선지 그것이 자신에게 무언가를 전하려 하는 것처럼 보였다.

정령은 변덕스러운 자연 그 자체다. 의지를 가지고 사람을 구하는 일은 기본적으로 없다.

정령에게 사랑을 받는 사람은 별개지만, 그런 사람이라도 어릴 적부터 정령과의 교류를 반복하여 관계를 쌓아가는 법이다.

배시는 이제까지 그런 일은 없었다.

다만 정령에게 사랑받는 사람이 아니더라도, 정령이 무언가를 부탁하는 일은 있다.

그런 부탁을 소홀히 여기는 사람에게는 큰 재앙이 찾아온다.

그런 전승이 오크의 나라에도 있었다.

그렇기에 배시는 물의 정령의 말을 들으려고 했다.

'무엇을……?'

알 수 있을 리도 없었다.

정령의 말을 이해할 수 있는 것은 어릴 적부터 교류를 거듭한 존재뿐이다.

혹은 이것이 바람의 정령이라면 젤 쪽에서 들어줄 것이다.

그 요정은 바람의 정령과 절친이라고 말하기를 거리끼지 않으니까.

'윽…….'

배시의 의식이 점차 멀어진다.

눈앞의 정령은 무언가 의지가 있는 움직임을 드러내고 있지만 여전히 이해할 수는 없었다.

과연 이것이 현실인가, 아니면 죽음을 앞두고서 보는 환상인가.

그것조차 알지 못하고, 배시의 의식은 깊은 어둠 속으로 떨어졌다.

ORC HERO
STORY

오크영웅이야기
촌탁열전

2. 프러포즈

"큐오오오오오옹!"

갑자기 울려 퍼진 포효에 배시는 벌떡 일어났다.

근처에 있던 무언가를 붙잡아서 몸을 일으키고, 한쪽 무릎을 꿇은 자세로 등 뒤의 검을 뽑았다.

"쿨럭…… 콜록, 커헉……."

무의식적인 기침과 함께 입 안에서 대량의 물을 토해냈다.

배시는 입가를 닦으며 주변의 상황을 확인했다.

지금 그 포효의 주인, 배시를 벌떡 일어나게 만든 존재가 있을 터였다.

장소는 아마도 절벽이다.

강물이 늘어난 탓에 알아보기는 힘들지만 원래 절벽이었던 곳까지 물이 불어나서, 배시는 절벽에 자란 나무 한 그루에 걸려 있었던 것이다.

정확하게는 숲이 펼쳐져 있고, 눈에 보이는 존재는 셋.

이쪽으로 등을 돌리고 있는 두 인간.

인간과 상대하고 있는 것은 한 마수.

크기는 5미터 정도, 매의 머리와 사자의 몸, 거대한 날개를 가진 마수. 그리폰이었다.

이 녀석의 포효가 배시를 깨운 것이리라.

물의 정령은 무언가를 배시에게 전하려고 했다.

그것이 무엇인지는 알 수 없다.

어쩌면 그것은 죽어가던 배시가 꾼 꿈일지도 모른다.

전하고 싶은 것 따위는 무엇 하나 없고, 변덕으로 배시를 구했을 뿐일지도 모른다.

하지만 배시는 연관 지어서 생각했다.

저 물속에서 있었던 일에는 무언가 의미가 있다고.

직감이라도 바꿔 말해도 될 것이다.

그리고 그런 직감은 수도 없이 배시를 궁지에서 구했다.

배시는 계속해서 상황을 관찰했다.

이쪽에게서 등을 돌린 두 인간. 한쪽은 무릎을 꿇고서 피를 흘리고 있었다. 다른 한 사람은 그를 구하려는 듯이 어깨를 안고 있었다.

그런 광경을 배시는 몇 번인가 본 적이 있었다.

두 사람은 싸우고, 패배한 것이다. 그리폰에게.

그리고 지금 막 끝이 나려는 참이었다.

'이 둘을, 구하라는 건가……?'

배시는 순간적으로 그렇게 결론지었다.

아니라면 굳이 이런 곳으로 옮기지는 않는다고.

"그라아아아아아아아아아아아오오오오!"

워크라이.

갑작스럽게 내지른 포효에 가장 현저하게 움직인 것은 그리폰이었다.

두 인간을 향해 낮게 드리우고 있던 목을 쳐들어 워크라이의 주인인 배시를 시야에 포착했다.

배시를 시인하고 1초.

배시를 이 자리에서 가장 위협이 된다고 판단했는지, 혹은 자신의 먹잇감을 빼앗으려 한다고 생각했는지. 거대한 날개를 퍼덕여서 공중으로 떠오르더니 배시를 향해 일직선으로 돌진했다.

틀림없이 어린 그리폰이었을 것이다.

노련한 그리폰이라면 배시를 본 순간, 뒤도 돌아보지 않고 도주를 택했을 테니까.

다만 어찌 되든 배시에게 의지가 있는 이상, 결과는 변하지 않는다.

배시는 검을 머리 위로 들어 일격을 펼쳤다.

"……그갹."

그리폰은 일격에 둘로 갈라졌다.

그리폰으로 여겨지지 않는 한심스러운 단말마를 터뜨리며 배시의 등 뒤에 흐르는 탁류로 추락했다.

"……."

배시는 그리폰이 탁류에서 올라오지 않는 것을 확인한 뒤, 돌아봤다.

"……어?"

"무, 무슨 일이……."

그곳에는 어리둥절한 세 사람이 있었다.

만신창이로 무릎을 꿇고 있는 것은 소년이었다.

검붉은 피부, 이마에는 뿔이 나 있다.

오거족의 특징을 가지고 있지만 그런 것치고는 몸이 작고 가늘었다. 어쩌면 휴먼 같은 피가 진하게 섞여 있을지도 모른다.

소년 옆에 웅크린 것은 소녀였다.

이쪽도 오거이고, 그러면서 아직 어릴 것이다.

이마에는 뿔이 나 있지만 그 뿔은 아직 작고, 몸도 소년보다 한층 더 작았다.

나이를 상상한다면 과연 열 살은 될까, 그런 정도였다.

그리고 또 하나.

그리폰 뒤에 가려서 보이지 않던 여자가 있었다.

"이건 놀랐어. 오크가 탁류에서 솟아났군."

그 말은 내용과는 달리 음성에 놀란 기색이 담기지 않은, 담담한 말투였다.

하지만 방울이 굴러가는 것 같이 아름다운 목소리로 배시의 마음을 흔들었다.

'……이 어찌 아름다운 목소리인가.'

보아하니 아마도 휴먼으로 여겨지는 한 여자가 검을 들고서 서있었다.

'……이 어찌 아름다운 몸인가!!'

그리고 특이한 것은, 그녀의 몸매일 것이다.

늘씬한 실루엣.

하지만 엉덩이와 가슴의 라인은 이제까지 보았던 그 누구보다도 아름다웠다.

너무 작지도 너무 크지도 않고, 그리는 곡선은 자연의 위대함을 전하는 것 같아서 무심코 안고 싶어질 것 같은 몸매였다.

성적인 의미에서도 매력적이지만 그것만이 아니었다.

'게다가 강하다⋯⋯.'

근육이 붙은 모습에서는 그녀가 무척 우수한 전사임을 헤아릴 수 있었다.

아름다운 근육이었다. 지나치게 붙은 것도 아니고, 제대로 안쪽까지 단련한 것을 알 수 있었다. 황금 같은 근육이었다.

휴먼 왕자 나자르나 용사 레토와 비교해도 손색이 없었다.

어쩌면 배시와 호각이나 그 이상으로 멋진 육체.

그녀가 낳는 아이는 틀림없이 강할 것이다.

오크들이 여기사를 강하게 원하는 것은, 강한 여자가 강한 아이를 낳는다는 것을 알기 때문이다. 강한 여자에게 끌리는 것은 본능이다.

그리고 얼굴만 괜찮으면 된다.

하지만 눈앞에 있는 여자의 얼굴은 가려져 있었다.

하얀 천을 감아서 눈가 말고는 가리고 있었다. 이래서야 최고의 몸매를 가진 이 여성이 어떤 얼굴인지 알 수가 없었다.

하지만 그것은 배시에게 별다른 의미는 없을 것이다.

"아름답군⋯⋯."

정신이 들자 배시의 입에서 자연스럽게 그런 말이 새어나왔다.

어쩌면 최근에 여자에게 들이댄 경험이 그가 그런 아부 같은 말을 꺼낼 수 있도록 만들었을지도 모른다.

훈련 덕분이었다.

"아름다워……?"

여자는 두리번두리번 주위를 둘러보더니 혹시, 그러듯이 자신을 가리켰다.

배시는 고개를 끄덕였다.

너 말고 여자는 없다. 오거족 소녀는 있지만 여자라고 하기에는 아직 어리다.

"하하하, 오크. 얼굴도 안 보고서 어떻게 아름답다는 걸 알 수 있겠나?"

여자는 웃었지만 역시나 담담했다.

재미있지도 않은 농담이라고 그러듯이.

"얼굴 따윈 안 보더라도, 알 수 있는 법이다."

"엇차, 이건 또 참으로 경박한 오크로군."

여자는 이번에는 쿡쿡 웃고, 그리고 자신의 얼굴에 감은 천에 손을 댔다.

"……천 아래에, 이런 추악한 얼굴이 감추어져 있더라도?"

"음……."

복면 아래에서 나타난 것은 추한 흉터가 남은 얼굴이었다.

얼굴 절반은 화상인지 무엇인지로 문드러지고, 게다가 그 위에 커다란 칼자국이 있었다.

무사한 것은 왼쪽 눈 근처뿐이었다.

사실 그 얼굴을 보고 오거족 소년소녀는 "윽" 하고 신음을 흘리며 전율했다.

그만큼 추한 흉터였다.

"관계없다. 흉터는 전사의 긍지지."

그렇게 말할 수 있었던 것은 최근의 경박한 여행 덕분이었을지도 모른다.

막 여행에 나선 그라면, 화상으로 문드러진 그 얼굴이라면 인상을 썼을 것이다.

역시나 신부 찾기에서 얼굴은 중요한 팩터이니까.

하지만 배시는 이 여행에서 다양한 미녀를 보았다.

휴먼 주디스를 시작으로 엘프 선더 소니아, 드워프 프리메라, 비스트 실비아나…….

다들 얼굴에 흉터도 없고 피부가 아름다운 이들뿐이었다.

하지만 그녀들 이외의 미녀들이 전부 그랬느냐면, 그렇지는 않았다.

예를 들면 시와나시 숲에서 눈여겨본 엘프들은 얼굴에 큰 흉터가 남아 있었다.

하지만 그 흉터로 아름다움이 손상되지는 않았기에 배시는 망설임 없이 프러포즈를 하려고 했던 것이다.

그렇다, 아름다움에 흉터는 관계없는 것이다.

"그런가…… 이 얼굴을 보고도 그렇게 말해주는 건, 기쁘네."

여자는 담담한 말투였지만 입가가 풀어졌다.

"여하튼 아름다운 여자를 눈앞에 둔 오크의 행동은 하나인가. 나를 쓰러뜨리고 억지로 범하려는 거겠지? 이것 참, 탁류에서 막 솟아났으면서도 참으로 왕성하시군."

"……아니, 합의 없는 성교는 오크 킹의 이름 아래 금지되어

있다."

"어라, 그렇다면 왜 워크라이를?"

배시는 오거들을 흘끗 봤다.

그것을 보고 여자는 납득했다는 듯 끄덕였다.

"아, 그런…… 오크라도 사람을 구하기도 하는군. 그렇다면 아까 그건 내 태도를 부드럽게 만들려는 아첨인가…… 하하, 오크한테 아부를 듣는 날이 올 줄이야…… 역시 짜증 나는군. 죽이겠다."

"널 아름답다고 말한 건, 진심이다."

"……잘 모르겠는데? 너, 갑자기 나타나서 영문도 모를 소릴 하는 거라고? 그러니까, 뭘 어떻게 하고 싶다는 거냐?"

여자는 고개를 갸웃거렸다.

하지만 배시로서는 딱히 모순된다고 생각하지는 않았다.

그러니까 솔직하게 대답했다.

"널 아내로 얻고 싶다고 생각한다."

"핫핫핫핫핫!"

여자는 소리 높여 웃었다.

그것은 담담한 웃음이 아니라, 막혀 있던 것이 드디어 넘친 듯한 웃음이었다.

"아니, 실례로군. 갑작스러운 프러포즈에 웃어버렸지만, 바보 취급을 한 건 아냐. 나는 이런 얼굴이 되었을 때, 누군가의 아내가 되는 일은 결단코 없으리라 포기했거든. 실제로 그 후로 누군가가 구애를 한 적도 없었으니까. 그러니까, 처음이야. 이런 얼굴이 된 뒤로, 그런 진지한 얼굴로 구애하는 상대는."

"……."

"게다가 나는 그 말이 나쁘지만도 않다고 생각해버렸어. 그런 스스로가 재미있었던 거야."

그것은 이제까지 없었던 좋은 인상이었다.

어떤 의미로 프러포즈를 받아들였다고도 할 수 있는 대답이었으니까.

"그렇다면……."

"허나 말이다, 오크. 사람을 돕는 것과 프러포즈는 양립할 수 없다고. 특히 이 상황에서는 말이야."

여자는 그러더니 시선을 옆으로 돌렸다.

그녀가 보는 곳에 있는 것은 오거족 두 사람.

불안한 표정으로 배시를 보고 있었다.

"……."

"뭐, 너는 오크지. 그들을 구하는 겸사겸사 나를 쓰러뜨리고, 내키는 대로 범하면 되겠지."

"조금 전에도 말했다만, 합의 없는 성교는 오크 킹의 이름 아래——."

"응, 너는 오크 킹이 정한 규율을 충실하게 지키는, 참하게 자란 오크인 모양이야. 오크의 얼굴은 구별이 안 되지만, 자세히 보니 얼굴도 잘생긴 것 같아. 아니, 이건 나한테 호의를 보여줬으니까 그렇게 느끼는 것뿐일까? 그건 제쳐놓고, 오크. 성실한 건 좋다만, 지나치게 융통성이 없는 건 좋지 않아. 나는 『이긴다면 마음대로 해도 된다』라고 했다. 그건 합의가 아닌가?"

어려운 질문이었다.

이곳에 젤이 있다면 당장에라도 상담을 청했을 것이다.

그리고 젤은 그 질문에 명쾌한 해답을 주었을 터.

"그러니까 말이야, 자, 덤벼라."

여자는 손바닥을 위로 향하고 까딱까딱 배시에게 손짓을 했다.

"……어째서 날 도발하지?"

"어째서긴, 내 애마 그리폰을 죽였잖아. 이젠 걸어서 돌아가야 해. 그 분풀이로, 너도 베어주고 싶어지는 건 당연하겠지? 하지만 뭐, 나도 참 성가신 성격이라서 말이지, 모처럼 지금의 나를 아름답다고 말해준 상대한테 신이 나서 검을 휘두르진 못하겠거든. 네 쪽에서 와준다면 어쩔 수 없다고 검을 휘두를 수 있어."

"……그런 것인가."

"그래, 그런 거야. 아, 그리폰은 딱히 신경 쓸 것 없어. 애착은 있었지만 정이 들진 않았어. 짧은 인연이었고. 복수니 뭐니, 진지하게 생각할 필요는 없어."

배시는 현재도 혼란에 빠져 있었다.

여자의 말이 무슨 뜻인지, 그리고 이야기가 어떻게 흐르는지 알 수 없었다.

자신은 대체 무엇을 하고 싶었느냐고 그래도, 애당초 아직도 상황을 미처 받아들이지 못한 것이다.

"자, 어떻게 할 거냐? 오크, 너만 괜찮다면 나는 이대로 떠날 생각이야. 거기 두 사람은 귀찮으니까 죽이자고 생각했지만, 네가 막아선다면 어쩔 수 없다고 포기하지. 나를 아름답다고 말해준 네가 막아서는 거니까 말이지, 이것 참 정말로 어쩔 수가 없네."

마지막으로 여자는 배시에게 선택을 들이밀었다.

"……으음."

배시는 혼란스러운 상황에서 생각했다.

선택지는 둘이다.

여자에게 프러포즈를 속행, 여자를 아내로 삼는다.

프러포즈를 그만두고 물의 정령의 부탁(아마도)을 들어주어서 소년과 소녀를 돕는다.

'모르겠다!'

어쩌면 이 자리에 누군가, 예를 들면 그 『돼지 살해자』 휴스턴 이라도 있다면 현혹되지 말라고 그랬을지도 모른다.

양립할 방법은 있을 테고, 여자가 말하는 "자신을 쓰러뜨리면 해도 된다"라는 것은 합의다. 쌍둥이를 구하고 여자를 쓰러뜨려 서 양쪽 모두 손에 넣어라. 너라면 그것이 가능할 터라고.

사정을 알고 있다면 말이지만.

하지만 이 자리에는 배시밖에 없고, 여자의 화술로 선택지가 좁혀진 배시로서는 떠올릴 수가 없었다.

양자택일이다.

본래라면 배시는 전자를 선택했을 것이다.

여자는 나쁘지만도 않다고 스스로 말했다.

이 자리에 젤의 지원은 없지만 그럼에도 최선을 다한다면 아내 가 되어줄지도 모른다.

이제까지 몇 번이나 기회는 있었지만 그중에서도 최대급이라고 할 수 있을 것이다.

여하튼 프러포즈를 받아들여 준 것이니까.

애당초 배시가 여행하는 목적은 아내를 손에 넣는 것이다.

그 목적이 달성된다면 일면식도 없는 오거 아이의 목숨 따위는 값싼 대가다.

하지만 조금 전, 물의 정령이 목숨을 구해준 것도 사실이다.

물의 정령은 무언가 부탁을 배시에게 전하려고 했다.

배시에게 무언가를 시키려는 것이다. 그것은 그저 감에 불과하지만 아마도 틀림없다.

그렇지 않다면 물의 정령이 배시를 구할 이유는 없으니까.

배시가 자신에게 걸맞은 아내를 얻을 수 있도록 이런 곳으로 옮겨다 줬다고 생각할 수 있을 만큼, 이제까지의 인생에서 배시는 정령에게 사랑받지는 않았다.

그렇다면 역시나 두 사람의 목숨을 구하는 것이 정령의 부탁이리라.

정령의 부탁을 소홀히 여긴다면 큰 재앙이 벌어진다…….

그렇다면,

"나는, 여기 둘을 구하겠다."

"그런가, 그렇다면 나는 이 자리에서 떠나도록 하지. 이래 봬도 바쁜 몸이라서 말이야, 할 일이 있거든."

"그래."

"그럼 작별이다. 거기 둘도, 이걸로 질렸다면 고향으로 돌아가는 거야."

여자는 그러더니 억수같이 쏟아지는 빗속으로 달려갔다.

진창에 발이 빠지지도 않고 순식간에 숲속으로 사라졌다.

상당한 수준의 기동이었다. 역시 배시의 첫 견해대로 상당한 수준의 전사일 것이다.

"아, 기다……."

그런 여자의 등을 향해 소년이 손을 뻗으려다가, 하지만 힘없이 그 손을 떨어뜨렸다.

큰비로 만들어진 물웅덩이로 철퍽 떨어진 손은, 분하다는 듯 움켜쥐고 있었다.

그런 소년은 잠시 후에 고개를 들고 배시를 봤다.

"저기, 구해주셔서, 감사합니다……."

소년의 말에 배시는 끄덕였다.

하지만 쓸데없는 참견이었을지도 모르겠다는 생각도 있었다.

왜냐면 소년은 고개를 숙이고서도 떨고 있었으니까.

옆에 웅크린 소녀도 살짝 혐오감이 섞인 표정으로 배시를 보고 있었다.

오거는 오크와 마찬가지, 전사로서 살아가는 이가 많은 종족이다.

때로 추방자 오크처럼 싸움을 원하고, 혹은 싸우다가 죽을 장소를 원하는 경우도 드물지는 않다.

그것을 방해하는 모양새가 되어 버렸을지도 모른다.

하지만 다음 순간, 소년은 기세 좋게 일어서서 말했다.

"조금 전의 칼솜씨, 감탄했어요! 나를, 당신의 제자로 받아주세요!"

갑작스러운 말은 빗소리에 지워지며 울려 퍼지지는 않았다.
하지만 배시의 귀에 분명하게 닿았다.

3. 첫 제자

내리치는 것 같은 폭우가 이어지고 있었다.

배시와 오거 남매는 이런 빗속에 서서 이야기하는 것은 그렇다며, 일단 근처에 있던 동굴에 몸을 앉혔다.

현재 세 사람은 모닥불을 사이에 두고서 마주 보고 있었다.

"다시금 감사를 드릴게요. 아까는 덕분에 살았어요. 난 오거족 대투사 루라루라의 아들 루도. 여긴 동생 루카예요."

오거족 대투사 루라루라의 아들 루도.

오거족 대투사 루라루라의 딸 루카.

쌍둥이 남매는 자신들을 그렇게 소개했다.

"배시다."

그렇게 말한 순간, 배시를 수상쩍게 보던 동생 쪽에서 번쩍 고개를 들었다.

"배시?! 설마 전후 『오크 히어로』가 된, 그 배시 님인가요?!"

"그래."

"당신의 활약은 오거 사이에서도 이야기되고 있어요. 만나 뵐 수 있어서 영광이에요!"

그 태도에 루도 쪽이 돌아봤다.

"어, 이 사람, 유명해?"

"오빠는 세상 물정을 너무 몰라요. 오크 히어로 배시 님이라면, 어머님이랑 동료들과 어깨를 나란히 하는 대영웅이라고요! 배시 님이 없었다면 패배했을 전투도 허다해요!"

루카의 눈은 배시를 보며 반짝반짝 빛나고 있었다.

마치 어린아이가 동화에 나오는 영웅을 보는 것 같은 눈빛이었다.

배시의 입장에서는 익숙한 시선이었다.

"정말로 진짜인가요?"

"그래."

"진짜라고, 오크 킹 님한테 맹세할 수 있나요?"

"오크 킹 네메시스에게 맹세하지."

"진짜다!"

본래라면 오크 킹 네메시스에게 맹세하는 것은 이렇게나 간단히 해도 될 일이 아니다.

하지만 상대는 어린아이다.

아이를 상대로 다소 거짓말을 하는 것은 오크에게도 평범한 일이었다.

물론 배시가 배시라는 것도, 오크 킹 네메시스에게 맹세할 수 있는 전사라는 것도 거짓말이 아니지만.

"그건 그렇고, 루라루라 경의 아들과 딸인가……."

"예!"

"루라루라 경은 잘 지내시나?"

대투사 루라루라.

그녀의 이명은 다양하지만, 유명한 것은 『동안(凍眼)』.

『동안』의 루라루라.

유명한 여전사다.

그녀는 세 눈을 가진 오거였다.

다만 삼안의 오거는 그다지 드문 존재가 아니다.

하지만 그녀의 셋째 눈은 선천적으로 푸르게 빛났다.

그 눈에서는 얼음 창이 돋아 나와서 온갖 적을 꿰뚫었다.

물론 대투사라고 불릴 정도의 전사니까 그것만이 그녀의 강점은 아니었다.

배시도 전장에서 몇 번인가 보았는데, 양손에 쇠몽둥이를 들고서 마구 날뛰고 있었다.

오거다운 굉장한 완력과 민첩성으로, 몽둥이를 한 번 휘두르면 휴먼 병사 여럿이 고깃덩어리로 변하던 것을 기억하고 있었다.

전시 중에는 차기 족장 후보 중 하나로도 일컬어졌다.

족장이 되지는 못했을지라도 오거족의 중진 자리에 오를 것은 틀림없는 인물이었다.

조금 더 말하자면 상당히 아름다운 외모였다.

배시 취향이었다. 고인이나 기혼자만 아니라면, 어쩌면 들이댔을지도 모른다.

다만 오거족은 동맹에서 오크의 상위에 위치했다.

오거족 여자에게 하위에 속한 상대의 자식을 배는 것은 최대의 굴욕으로 여겨진다.

아무리 배시가 『오크 히어로』라고 할지라도 그녀가 상대해주는 일은 없을 것이다.

물론 배시는 동생 쪽에 손을 댈 생각은 없었다.

어쩌면 앞으로 10년…… 적어도 5년 뒤라면 아름다운 오거족 여자로 성장하겠지만, 현 단계에서는 배시의 취향이 아니었다.

오크는 아이를 낳을 수 없는 연령의 여자를 애당초 여자로 보지 않는 것이다.

"아뇨, 죽었어요."

그렇게 대답한 것은 루도 쪽이었다.

"……그런가. 병인가?"

"싸우다가."

"그런 수준의 전사가……."

배시는 신음했다.

그의 기억 안에서도 그녀는 특히 강한 전사였다. 기억에 강렬하게 남을 정도로.

"어쩔 수 없지. 전쟁 말기에는 누가 죽어도 이상하지 않았다."

하지만 배시는 그녀 이상의 전사를 몇 명인가 알고 있었다.

예를 들면, 엘프 대마도사 선더 소니아나 용사 레토라면 상대가 루라루라일지라도 쓰러뜨릴 수 있을 것이다.

어쩌면 그들이 아니더라도 전쟁 말기에는 물량으로 밀리고 있었다.

일대일로는 루라루라에게 미치지 못하는 병사일지라도 천 명, 만 명이 모이면 쓰러뜨릴 수 있을 것이다.

"아니에요. 어머니는 전후에 살해당했어요."

"……결투인가?"

오거는 오크와 비슷하게 호전적인 종족이다.

게다가 주색에 쉽게 빠지는 오크와 달리 금욕적이고 강함을 욕심낸다.

술을 마시거나 교미에 힘쓸 여유가 있다면 단련을 거듭하고, 그 단련의 성과를 확인하듯 결투를 벌이고, 매일처럼 누군가가 죽는다는 이야기를 배시는 어딘가에서 들은 적이 있었다.

"아뇨, 비겁한 수법으로 기습을 당했어요."

"……뭐라고? 어떠한 방법으로 살해당했다는 거지?"

"아뇨, 실제로 어떻게 싸웠는지는 모르지만…… 하지만 그렇게나 강했던 어머니가 정면으로 싸워서 졌다고 생각할 순 없어요. 시체도 방치되어 있었죠. 틀림없이 기습을 당한 거예요. 그러니까 우리는, 어머니의 원수를 갚기 위해 여행에 나섰어요."

현재 세계는 전체적으로 평화를 유지하고자 애쓰고 있다.

이런 평화로운 세상에 『복수』라는 것은 그다지 추천되지 않는다.

전쟁은 과거의 일. 그 전쟁에서 원한이 남았을지라도, 지금은 일단 물에 흘려보낸다는 것이 각국 수장의 결정이었다.

하지만 오크 킹의 결정에 따르지 않고 추방자가 된 오크가 있듯이, 모두가 그런 풍조를 달갑게 여기는 것은 아니었다.

전쟁 중에 죽은 부모의 원수를 갚고자 대륙을 떠도는 자도 있는 것이다.

다만 배시는 그런 사실은 모르지만.

"혹시 조금 전의 그 여자인가?"

"……예."

배시는 조금 전의 여자를 떠올렸다.

얼굴에 명예의 부상이 남은, 최고의 몸을 가진 여검사.

이름을 물어볼 수조차 없었지만…… 적어도 어느 정도 이름이 있는 맹자임에 틀림없었다.

싸우지 않더라도 한 번 보는 것만으로 그 사실을 알 수 있을 정도의 몸가짐이었다.

"또 도전할 거냐?"

"예."

"……너로서는 못 이긴다."

반면에 눈앞의 소년은, 그저 약할 뿐이었다.

단련하고는 있겠지만 저 여검사와 싸우기에는 아득히 역량이 부족했다.

저 여검사가 그럴 생각만 있다면 한순간에 목이 날아갈 것이다.

"으…… 알고 있어요!"

루도는 분하다는 듯 아랫입술을 깨물고, 하지만 배시를 올려다보고 분명하게 말했다.

"하지만 도전할 테고, 다음에는 이길 거예요."

"그런가."

배시는 딱히 말리자는 생각은 없었다.

때로 전사에게는 이길 수 없는 상대에게 도전하고 승리해야만 할 때도 있다.

패배하면 죽는다. 그것뿐이다.

"……"

루도는 그때 검을 확 뽑아서 배시 앞에 놓았다.

배시는 미동도 하지 않았다.

혹시 베려고 든다면 반격을 했을 테지만 그런 기척은 없었다.

"그러니까! 다시 한번 부탁할게요! 『오크 히어로』인 당신에게
이런 부탁을 하는 건 실례임은 알지만! 다시금 부탁을 드릴게요!
나를 제자로 받아주세요!"

혹시 이곳이 오크의 나라 술집이었다면 소란이 벌어졌을 터.

우선 그 자리에 있는 모두가 일어서서 소년을 위협했을 것이다.

대체 누구한테 그런 소리를 하는 거냐!

실례라고!

순서를 지켜라. 배시 씨의 제자가 되는 건 내가 먼저다.

아니, 나다. 내가 먼저야.

──그 후로는 주먹이 오가는 싸움이다.

모든 일이 끝난 뒤에 남겨진 것은 파괴된 술집, 겹겹이 쓰러진
오크들, 서 있는 것은 배시뿐일 것이다.

"으음……."

어제까지의 배시였다면 그 자리에서 거절했을 것이다.

젊은 전사를 기르는 것은 베테랑의 의무이지만, 지금의 배시는
다른 목적이 있어서 여행을 하는 몸.

이 소년을 기를 여유는 없었다.

"오빠, 실례예요. 배시 님께 그런……."

"루카도 아까 봤잖아. 이 사람에게 검을 배운다면, 틀림없이 그
녀석에게도 이길 수 있어……."

하지만 눈앞의 쌍둥이에 대해서 한 가지 신경 쓰이는 일이 있

었다.

'……물의 정령의 부탁도 있지.'

물의 정령은 무언가를 전하려고 했다.

그 부탁은 틀림없이 이 쌍둥이를 구하는 일이라는 것이, 배시의 추측이었다.

그리고 그 부탁은 조금 전에 이루었다.

하지만 그것만으로 굳이 정령이 아무런 인연도 없는 오크에게 부탁을 할까.

본래 정령이라는 존재는 인연이 없는 사람에게는, 절대라는 말이 통할 정도로 모습을 드러내지 않는 것이다.

그렇다면 조금 더, 무언가 해야만 할 것 같았다.

정령은 배시가 이 쌍둥이를 어떻게 하기를 바라는 것인가.

혹시 여기에 젤이 있다면 정령의 의도를 설명해줄 텐데…….

'…….'

정령이라는 것은 까다롭고 변덕스러운 존재다.

화나게 했다가는 바람의 정령과 친한 페어리조차 벌벌 떨 정도로 무섭다.

우화는 여럿 들었다.

불의 정령을 화나게 만든 드워프의 마을이 화산의 분화로 멸망한 적도 있다고 한다.

물의 정령을 화나게 만든 휴먼의 마을이 굉장한 폭풍으로 싹 날아간 적도 있다고 한다.

흙의 정령을 화나게 만든 리저드맨의 마을이 갈라진 땅에 삼켜진 적도 있다고 한다.

바람의 정령을 화나게 만든 페어리는 갑자기 발생한 바람에 휩쓸리고, 공중에서 하룻밤 내내 계속 사죄해서 간신히 용서를 받은 적이 있다고 한다.

정령을 화나게 만들어서는 안 된다.

그것은 이 대륙에 사는 모두가 가진 공통인식이다.

예를 들면 배시가 "구해줬으니까 이제 충분하겠지"라며 이 자리에서 떠났다고 하자.

혹시 그것이 정령의 부탁과 다르다면, 정령은 화를 낼지도 모른다.

'잠깐만…… 아니, 혹시 그런 일인가?'

문득 배시는 『동안』의 루라루라를 떠올렸다.

생각해보면 그녀는 정령에게 사랑받았다.

그다지 마법 적성이 없는 오거이면서도 얼음의 마법을 척척 발사한 것이, 그 증거다.

그렇다면 물의 정령이 쌍둥이에게 호의적이라 복수에 힘을 빌려주려고 하더라도 이상하지는 않다.

정령이 복수에 가담한다는 이야기는 들은 적도 없으니까, 어쩌면 이 둘 중 누군가가 물의 정령에게 사랑을 받고 있는 것일지도 모르지만.

여하튼 쌍둥이의 복수를 성공시키는 것이 정령의 부탁일 가능성이 있다.

배시는 적은 정보를 바탕으로 그렇게 판단했다.

"괜찮겠지. 다만 저 여자와 다시 싸울 때까지다. 내게는 내 목적이 있다."

어디까지 도우면 될지 모르겠다.

하지만 앞으로의 일을 생각하면 정령의 부탁을 들어주어야만 했다.

"감사합니다!"

루도는 머리를 확 숙였다.

이곳이 오크의 나라였다면 다른 오크들이 환호성을 터뜨렸을 것이다.

자신이 선택받지 못한 것은 분하지만, 배시에게 제자로 인정을 받는다면 그것은 축하할 일이니까.

헹가래를 벌이더라도 이상하지 않다.

"그래서, 배시 씨…… 아니, 스승님의 목적이라는 건?"

"어떤 것을 찾고 있다."

"뭘요?"

"그건 말할 수 없다."

"그런가요. 알겠어요."

루도는 흥미가 없는지 그 이상은 추궁하지 않았다.

배시로서는 고마운 이야기였다.

꼬치꼬치 캐물어도 설명하기가 곤란했다.

"어쨌든 고마워요. 짧은 시간이겠지만, 앞으로 잘 부탁할게요."

"그래, 녀석에게 이길 수 있을지는 모르겠지만, 어떻게든 널 단련시켜주마."

"예, 부탁합니다!"

이리하여 루도는 배시의 제자가 되었다.

사실상의 첫 제자.

그것은 오크의 나라 젊은이들이 꿈을 이야기할 때, 코 아래를 비비며 머뭇거리고 살짝 부끄러운 듯 입에 담을 일이었다.

그만큼 가치가 있는 자리였다.

루도는 무척 기뻐하고, 그것을 보며 루카는 복잡한 표정을 지었다.

그것을 깨달은 사람은, 없었지만.

■

비는 그치지 않는다.

엄청난 폭풍이 휘몰아치는 가운데, 동굴로부터 바로 나온 장소에서 배시는 루도를 상대하고 있었다.

지독한 비지만 전장에서 이 정도로 쏟아지는 일은 일상다반사였다.

배시가 신경 쓸 일은 아니었다.

루도는 하마터면 날아갈 지경임에도 필사적으로 서 있었지만.

루도의 무기는 검이다.

『동안』의 루라루라에게 배웠는지 양손에 두 자루.

자세 역시도 익숙한 모습이었다.

"언제든지 와라!"

빗소리에 지워지지 않도록 큰 목소리로 배시가 말하자 루도가 끄덕였다.

"우오오오오오!"

루도의 외침과 함께 펼친 혼신의 일격.

배시는 그것을 대검으로 받았다.

'……이건!'

그 무게, 날카로움에 배시는 눈을 부릅떴다.

『동안』루라루라의 아이이자, 그 루라루라를 죽인 원수를 치려는 이.

기습이라고는 해도 루라루라를 죽였다면 상당한 실력자다.

배시가 보더라도 조금 전의 여검사는 상당한 실력자였다.

루도는 그런 상대에게 "다음에는 이길 수 있다"라고 단언했다. 아니, 안 했지만 그것과 비슷한 말은 했다.

그렇다면 외모와 달리 상당한 무게의 일격이 날아올 것이라고, 배시는 자세를 크게 낮추어 충격에 대비하고 있었다.

하지만,

"오오, 역시 대단하시네요, 스승님! 내 혼신의 일격을 이렇게까지 밀어내다니!"

배시는 딱히 밀어내지도 않았다.

'…………'

너무나도 가벼운 그 검에 앞으로 고꾸라질 뻔했을 뿐.

그리고 그런 자잘한 동작에 루도는 튕겨나갔다.

"팍팍 갑니다!"

그 말에 배시는 다시 자세를 취했다.

루도의 스피드가 살짝 올라간 것 같았으니까.

아마도 다음으로 오는 것은 연격.

그렇다, 루라루라는 완력도 굉장했지만 속도 역시도 훌륭했다.

쇠몽둥이 두 자루에서 펼쳐지는 연격은 예의 엘프 대검호『즉단즉혈』의 댄디라이언마저도 압도했다.

그렇기에 루도도 완력이 아니라 스피드로 승부하는 타입이냐고 생각을 바꾸었다.

속도로 뛰어난 전사는 많다.

하지만 배시는 그런 전사에게 뒤처진 적은 거의 없었다.

배시는 힘이 뛰어난 전사로 여겨지는 경향이 있지만 속도 역시도 수준 이상이다.

영웅으로 불리는 이가 그저 힘만 뛰어나지는 않은 것이다.

『오크 히어로』와 싸우고 살아남은 자는, 그의 검을 떠올리고 이렇게 말했을 것이다.

『그 녀석의 검인가? 윽, 떠올리는 것만으로 몸이 떨려…… 어쨌든 위험하다고. 그렇지. 예를 들면 나는 네가 검을 한 번 휘두르는 동안, 마법을 세 번 쏠 수 있잖아? 이거, 자기 입으로 말하는 것도 그렇지만, 꽤 빠른 편이거든. 하지만 고작에서 세 사람 정도야…… 배시는, 그 녀석은 내가 마법을 세 번 쏘는 동안에 검을 세 번 휘두르지. 그만큼 빨라. 물론 나자르 같은 녀석은 더욱 빠르지만. 하지만 말이지, 배시는 그러면서도 무겁거든. 일격이라도 당하면 마법 장벽은 산산이 부서지고, 곤봉으로 두들겨 맞은 것 같은 충격이 온다고. 다름 아닌 내 장벽을 말이지? 나, 엘프 대마도사 선더 소니아의 장벽을 산산이──.』

길어질 것 같으니까 도중에 끊겠지만, 그런 느낌으로 말할 것이다. 양손을 마구 휘저으면서.

'세 번, 죽일 수 있었군……'

배시는 루도의 검을 어렵지 않게 받아내며 그런 감상을 품었다.

배시는 그다지 타인을 평가하지 않는다.

자신보다 아랫사람을 일일이 평가해봐야 무의미했으니까.

하지만 눈앞에 대치한 적을 보고서 강한지 약한지, 쓰러뜨릴 수 있을지를 판단한 적은 있다.

그 경험을 바탕으로 루도를 평가한다면……

'힘이든 속도든 평범 이하인가…… 약하군, 너무나도……'

배시는 곤란하다는 듯 시선을 돌렸다.

그 앞에는 동굴이 있었다. 동굴 입구에는 한 소녀가 서 있었다.

루도의 동생, 루카라고 했나.

그녀는 곤란하다는 얼굴로 루도를 보고 있었지만 배시의 시선을 받자 슬픈 표정으로 바뀌고, 미안하다는 시선이 다시 돌아왔다.

틀림없이 그녀는 알고 있었을 것이다.

루도가 이제부터 다소 단련해봐야 저 여자에게 이길 수 있는 미래 따위는 없다고.

'……'

이것을 단기간에 단련시킨다. 그것도 다름 아닌 『동안』의 루라루라를, 기습이라고는 해도 죽인 상대를 쓰러뜨릴 수 있을 영역까지…….

너무나도 어려운 그 일에 배시는 현기증을 느꼈다.

휴먼 기사『거살경(巨殺卿) 아시스』에게 있는 힘껏 얻어맞았을 때조차 이 정도는 아니었다.

'어떻게 하지?'

30분 뒤.

배시는 눈앞에서 끊어질 듯이 숨을 헐떡이며 드러누워 씩씩대는 루도를 앞에 두고, 복잡한 표정을 지었다.

제자라고 했다만 이렇게까지 약한 상대에게 무엇을 가르치면 좋을지 알 수 없었다.

오크는 어릴 적을 제외하고 훈련 따위는 하지 않는다.

그들에게는 선천적으로 싸우는 본능이 있어서 무언가를 배우지 않더라도 자연스럽게 전사로 자란다.

그렇지 않으면 죽을 뿐이니까, 저절로 도태되기도 하겠지만…….

여하튼 그런 오크들에게도 향상심이라는 것이 있었다.

배시는 남에게 검을 가르친 적은 전혀 없다.

베테랑에게는 후진을 양성할 의무가 있지만, 제자로 받아달라는 상대도 없었다.

젊은이들은 거의 모두가 배시의 제자가 되기를 바라지만, 그 말을 입 밖으로 꺼낼 수 있는 녀석은 하나도 없었으니까, 없다.

하지만 오크 나라에서 상대가『싸움』을 청한 적은 몇 번인가 있었다.

특히 킹의 자식들이.

그들은 반짝반짝 빛나는 눈으로 배시에게『죄송함다! 저랑 싸워주시겠습까?!』라며 부탁하고, 배시가 승낙하면『만세!』라고 무척 기뻐했던 것이다.

그 후에 당연히 그들은 배시에게 흠씬 두들겨 맞지만, 처음부터 그럴 것이라 알고 있었는지『어땠슴까, 제 검 실력은!』하고 기대를 담아 물었다.

배시는 이긴 쪽이니까 무조건 칭찬하지는 않고 나쁜 점을 지적했다.

"너는 파고드는 게 무르다. 겁쟁이가 아니라면 한쪽 다리 정도야 주겠다는 생각으로 파고들어라" 등등.

킹의 자식들은 "잠깐, 무리라고요. 배시 씨의 검을 다리에 맞는다면, 한쪽은커녕 하반신이 사라질 텐데. 번식장에도 못 가요" 등등 기쁜 듯 웃었지만…… 다음부터는 반드시 배시의 말대로 움직인다.

그렇기에 그것이 오크의 나라의『교육』이라 할 수 있을 것이다.

루도의 검술이 조금 더 나았다면 배시도 무언가 조언을 할 수 있었다.

지나치게 앞으로 나오는가, 혹은 지나치게 물러나는가.

습관적으로 검을 휘두르는가, 상대의 움직임을 제대로 보지 않는가.

이상한 버릇이 들었는가, 지나치게 기본에 충실해서 빤히 보이는가…….

그런 것은 싸우면 알 수 있는 일이다.

하지만 솔직히 루도의 경우에는, 어려웠다.

모든 것이 나쁘다고 표현할 수밖에 없었다.

전투에서 배시가 검을 휘두를 때, 네다섯 명의 적이 한꺼번에 죽는 것은 자주 있는 일이다.

하지만 드물게도 한꺼번에 죽은 시체에 짓눌려서 죽을 법한 얼간이도 있다.

루도는 그 얼간이의 부류였다.

생각해보면 킹의 자식들은 다들 전사로서 일류였다.

아직 젊은이들뿐이지만, 당연할 것이다. 종전 직전의 격전에서 살아남았으니까.

'으─음……'

배시는 없는 지혜를 짜내어 생각했다.

눈앞에 주저앉아 있는 이 루도에게 무엇을 가르쳐야 하는가.

이렇게까지 약해빠진 오거를 본 적이 없다. 어쩌면 좋을까.

전장에서 어린 오크는, 오거는, 전사들은 무엇을 했던가…….

적어도 말할 수 있는 것은, 이렇게 지쳐서 주저앉아 있는 자는 예외 없이 죽었다는 사실이다.

전장에서는 이동할 수 없게 된 자들은 죽어간다.

앞으로 나서지도, 도망치지도 못한다는 것은 그저 표적에 불과하다는 의미다.

그렇다면 적어도 그것만큼은 피해야만 한다.

"서라."

"허억…… 허억…… 아뇨, 더는 못 일어서………… 크헉!"

배시는 루도를 걷어찼다.

전장에서 더는 못 선다고 말한 자는, 이렇게 하면 설 수 있게 되는 경우가 많았다.

적어도 오크는 그랬다.

그리고 아무래도 오거도 그런 모양이라, 루도는 눈을 부릅뜨며 일어섰다.

"뛰어라."

"허억…… 허억…… 뛰라니, 어디로? 애당초 이미 해가 떨어져서 어둡고………… 어윽!"

배시는 루도를 걷어찼다.

전장에서 더는 못 뛰겠다고 말한 자는, 이렇게 하면 뛸 수 있게 되는 경우가 많았다.

다시 생각해보면 그것은 오크만이 아니라 모든 종족에게 공통되는 점이었다.

걷어차든지, 혹은 검을 휘둘러도 되겠지만, 여하튼 공격을 가하면 누구라도 필사적으로 뛰는 법이었다.

루도는 걷어차여서 검을 떨어뜨리고 네 발로 엎드려, 흙투성이가 되어서는 배시를 올려다봤다.

어째서? 그런 표정에, 배시는 생각한 바를 입에 담았다.

"부모의 원수를, 그런 표정으로 올려다볼 생각이냐?"

배시가 그렇게 말하자 루도는 입술을 악물며 휘청휘청 일어서고, 터벅터벅 뛰기 시작했다.

쏟아지는 빗속, 마치 배시에게서 도망치듯이.

그의 얼굴에서는, 훈련을 시작하기 전에 있던 여유는 완전히 사라졌다.

배시는 그것을 쫓아갔다.

의도적으로 살기를 흩뿌리고, 따라잡으면 죽일 생각으로.

다만 따라잡지 않도록 천천히.

평소라면 따라잡을 수 없는 사냥감을 사냥할 때, 상대를 지치게 만드는 기술이었다.

"……."

배시는 사람이 죽음 직전에 최대의 힘을 발휘한다는 것을 알고 있었다.

자신도 그랬고, 배시에게 쓰러진 맹자들도 그랬다.

더욱 말하자면, 배시는 그렇게 죽음을 각오한 전투를 반복하며 강해진 것이다.

한계가 아슬아슬한 힘을 내는 것은, 전사를 더욱 상위의 존재로 끌어올리는 법이다.

"허억…… 어어…… 으엑…… 허억…… ."

루도는 잘 뛰었다.

이만큼 뛸 수 있다면 조금 전에 주저앉아 있던 것은 무엇이었을까 싶을 정도로.

빗속, 질퍽거리는 바닥에 발이 붙잡혀서 몇 번이나 넘어지며, 그러나 필사적으로 달렸다.

배시가 무서운지, 아니면 정말 진심으로 원수를 치고 싶은지, 옆에서 보기에는 알 수 없었다.

어쩌면 루도 본인조차 모르는 것일지도 모른다.

루도의 달리기는, 배시가 걷어차도 설 수 없을 지경이 될 때까지 이어졌다.

■

비는 그치지 않았다.

하지만 그들은 다음 날부터 이동을 개시했다.

루도가 출발하자고 했으니까.

이대로는 아직 근처에 있을 터인 원수가 도망쳐버릴 테니까.

동생 루카는 살짝 부정적인 표정을 지었지만 그것을 입에 담지는 않았다.

배시로서는 루도가 쓸 만해질 때까지 저 동굴에 틀어박혀서 수행하고 싶다는 기분도 있었다. 그렇지만 빨리 그들의 복수를 마쳐서 데몬의 나라로 가고 싶다는 기분도 강하게 있었다.

언제나 시간에는 한도가 있는 것이다.

이동하면서도 수행은 진행되었다.

루도가 배시를 향해 검을 휘두르고, 때로 배시가 휘두르는 것을 막고, 한계를 느끼면 쓰러질 때까지 뛰게 했다.

그것뿐인, 수행이라고 하기에는 너무나도 촌스러운 내용이었다.

루도는 조금 불만스러워 보였지만, 그러나 현재로서는 따르고 있었다.

배시는 나날이 루도가 일어서는 속도와 도망치는 거리가 늘어

나는 것을 보고 확실한 성장을 느꼈다.

　루카는 그런 두 사람을 가만히 보고 있을 뿐이었다.

　한마디도 없이, 그저 가만히.

　조금 슬퍼하는 얼굴로.

4. 서큐버스의 나라

이틀 정도 지났다.

비는 그치지 않는다.

이따금 약해질 것 같은 기색을 드러냈지만, 온종일 거의 쏟아지는 수준의 비가 이어졌다.

배시와 두 사람은 그런 빗속을 조금씩 나아가고 있었다.

그렇지만 실제로 원하는 방향으로 제대로 움직이는지는 불명이었다.

방향은 루카가 지시했다.

주술사인 그녀는 마법으로 복수의 대상이 있는 방향을 알 수 있었다.

하지만 아무래도 세세한 장소는 알 수 없는지, 같은 장소를 계속 돌고 있는 감각조차 있었다.

루도의 훈련 역시도 잘 풀린다는 감촉은 그다지 없었다.

하지만 그것도 당연한 일. 고작 이틀 만에 갑자기 강해질 수 있다면 아무도 전장에서 죽을 일은 없을 것이다.

루도는 노력 중이다.

매일 배시에게 덤벼들었다가 밀려나고, 뛰어다닐 뿐. 수행이라고 할 수 있을 정도의 무언가가 아니었다.

그로서는 자신의 무력함을 맞닥뜨리는 매일이었다.

굴욕임은 틀림없으리라.

하지만 불평하지는 않았다.

그러니까 배시도 포기하지 않고 끈기 있게 루도를 단련시켰다.

자신을 공격하게 시키고, 걷어차고, 일으켜 세우고, 걷어차고, 뛰게 시키고, 걷어찼다.

그 보람도 있는지 루도가 쓰러질 때까지의 시간은 길어지고, 서 있는 시간과 뛰어다니는 시간이 늘어났다.

그것이 강해지는 증거냐고 한다면, 물론 그런 일은 아니다.

하지만 그것으로 충분한 것이다.

사람은 그렇게 금세 강해질 수 없다. 배시같이 소질이 있는 이조차도 어엿한 전사가 되기까지 1년이 걸렸다. 평범한 병사가 이름난 전사가 되기에는 격전 속에 몸을 두고서 수년은 필요할 것이다.

다만 오거는 오크와 이름이 비슷하다지만, 오크보다도 전투에 맞는 종족이다.

오크는 환경 적응력과 번식력에서 타의 추종을 불허하는 종족이지만, 오거는 그 밖의 모든 것에서 뛰어났다.

단순한 힘도, 내구력도, 민첩함도, 감각도, 지혜도. 평균치를 비교한다면 오거는 오크를 아득히 웃도는 것이다.

그렇기에 오크보다도 전체 숫자야 적다지만 일곱 종족 연합에서도 상위로 꼽혔다.

그렇기에 언젠가 이 훈련도 결실을 맺으리라고 배시는 생각했다.

루도와 루카가 어떻게 생각하는지는 알 수 없었지만 두 사람은 배시를 잘 따랐다.

식사할 때도 두 사람은 배시의 전장 이야기를 듣고 싶어 했다.

비가 그치기를 기다리며 배시가 과거 전장에서 만난 맹자의 이야기를 하자, 두 사람은 눈을 반짝이며 더 해달라고 졸랐다.

하지만 『동안』의 루라루라의 우화를 이야기하자 조금 슬픈, 괴로운 표정을 드러냈다.

생각해보면 배시는 이제까지 다른 종족의 어린 존재와 만난 적은 거의 없었다.

이번 여행을 하며 멀리서 본 적은 있었지만, 다가가거나 이야기를 나눈 적은 없었다.

배시로서도 아이를 낳을 수 없는 아이에게 용건은 없었다.

그러나 이렇게 실제로 아이를 앞에 두니 무척 좋다고 여겨졌다.

보호 욕구라고 할까, 성욕과는 다른 부분이 자극되었다.

그렇게 수행과 이동을 반복하는 나날은 어느 순간 끝을 맞이했다.

비가 뚝 그친 것이었다.

"?"

배시는 갑자기 내리지 않는 비에 손바닥을 위로 향하며 의아하다는 표정으로 하늘을 올려다봤다.

하늘은 두터운 구름으로 뒤덮여서 캄캄했다.

시야를 집중하자 비가 계속 내리는 것도 알 수 있었다.

하지만 어째서인지 그들 주위에 빗방울이 떨어지지는 않았다.

루도와 루카도 의아하다는 표정으로 주위를 둘러봤다.

자세히 보니 지금 막 지나온 길, 그 지면에 또렷하게 선이 생겨 있는 것을 알 수 있었다.

선 너머는 물에 젖었지만 그들이 있는 쪽은 살짝 말라 있었다.

"⋯⋯결계?"

루카가 작게 흘린 말에 그들은 누군가가 친 결계로 뛰어든 것을 깨달았다.

비바람을 막는 결계.

그것도 상당히 대규모였다.

전쟁 중, 도시가 대규모 마법을 맞닥뜨렸을 때에 쳤을 법한⋯⋯.

"우후후후후후⋯⋯."

문득 목소리가 들렸다.

배시가 돌아보니 어느샌가 주위에는 안개가 끼어 있었다.

어렴풋이 분홍색으로 보이는 그것은, 전장을 활보하던 이들에게 잊기 힘든 것이었다.

"위험해⋯⋯."

배시는 순간적으로 입가를 막고 숨을 참았다.

이 안개, 들쩍지근한 냄새.

오크들이 전장에서 이것을 맡았을 때는 든든한 원군이 왔다며 가슴이 두근거렸다.

하지만 동시에 그 자리에서 빨리 벗어나야만 했다.

왜냐면 이 안개를 들이마신 남자는 그 순간에 쓸모가 없어져 버리니까.

'서큐버스의 참 미스트인가!'

그것은 전쟁에서 연신 맹위를 떨치고, 마지막까지 완벽한 저항 수단을 찾을 수 없었던 서큐버스의 오의.

남자의 이성을 녹이고 하반신이 시키는 대로 움직이게 만드는 무적의 마법.

"우후후후후후……."

안개 속에, 여자가 있었다.

트윈 테일로 묶은, 옅은 핑크색 머리카락. 키는 작고 어린 느낌이 남은 얼굴과 몸매.

하지만 여자임을 분명하게 알 수 있는 요염함이 있었다.

국부만을 가린 검은 가죽 의상. 피부는 희고 희미하게 땀이 배어 있어서 남자라면 누구라도 침을 꿀꺽 삼킬 정도로 요염했다.

그 매력적인 몸의 소유자는 요염한 표정으로 자기 손가락을 핥고 있었다.

서큐버스였다.

꼬리가 없고 날개도 한쪽밖에 없지만, 그럼에도 틀림없이 서큐버스였다.

"몹쓸 아이구나. 이런 빗속에, 어디서 길을 잃고 들어왔을까……?"

그녀는 핥은 손가락을 천천히 자신의 하복부로 움직였다.

그리고 사타구니를 크게 벌리더니 하복부를 쓰다듬으며 남은 손으로 배시 일행에게 손짓을 했다.

동시에 서큐버스의 눈동자가 붉게 빛났다.

"있잖아, 너희들, 그거 알아? 서큐버스의 나라에 무단으로 들

어온 아이는, 먹혀버려도 어쩔 수 없다고?"

배시는 눈앞이 부옇게 흐려지는 것을 느꼈다.

『매료』를 걸고 있다, 그것을 깨달았을 때에는 이미 늦었다.

이미 시선은 서큐버스의 몸에 못 박히고, 다리는 휘청휘청 그녀 쪽으로 걷고 있었다.

"억센 오크 아저씨. 자, 여기로 와. 최고의 쾌락을 줄게…… 자, 내 눈을 보고, 우후후, 늠름하신 분…… 이 어찌나 잘 생기셨을까…… 내가 동경하던 분이랑 똑같이……."

배시의 시야가 서큐버스의 붉은 눈동자로 희미해졌다.

배시의 뇌 절반이 최대한의 위기라고 전했다.

손을 대서는 안 된다. 손을 대었다가는 모든 것이 끝나버린다.

서큐버스에게 손을 댄 동정 오크는, 그 후에 성교를 하더라도 마법 전사가 되어버린다.

오크의 영웅이 마법 전사가.

그런 일이 벌어진다면 오크의 긍지는 땅에 떨어진다.

용납될 일이 아니다. 용납할 수 없다.

전력으로 저항해야만 한다.

하지만 서큐버스의 붉은 눈동자가 번쩍 빛나자 그 경종도 사라졌다.

마법 전사도 괜찮지 않은가, 그녀의 몸에 빠진다면 틀림없이 기분 좋다고.

희고 매끈한 피부, 크기는 아담한데도 불구하고 열정을 부추기는 가슴, 그녀가 손을 움직일 때마다 요염한 물소리가 주위에 울려 퍼졌다.

그 소리가 귀에 들어올 때마다 의지가 희박해지고 몸이 풀렸다.

반면에 배시의 아들 배시는 단단해지고, 배시의 몸을 점차 지배했다.

서큐버스를 향해…….

"어라?"

하지만 다음 순간, 배시의 몸에 스르륵 자유가 돌아왔다.

부옇게 흐려졌던 시야는 원래대로 돌아오고, 눈앞에는 칠칠치 못한 복장의 서큐버스가 눈을 부릅뜨고서 깜짝 놀란 표정으로 배시를 올려다보고 있었다.

"……저, 저기, 혹시."

서큐버스는 다리를 확 움츠렸다.

그리고 천천히 일어서더니 직립부동.

살짝 등줄기를 펴며 배시의 얼굴을 빤히 봤다.

"『오크 히어로』 배시 님, 이신가요?"

"……음, 그렇다."

그렇게 말한 순간, 서큐버스는 충격을 받은 듯 휘청거렸다.

그리고 곧바로 나무 뒤에 있던 천을 손에 들었다.

그것은 정중하게 개어놓은 옷이었다.

서큐버스는 재빨리 옷을 입었다. 숙련이 된 빠른 환복.

정신이 들었을 때에는 배시가 계속 보고 싶다, 뭣하면 만지고 싶다, 자기 것으로 만들고 싶다며 생각했던 것은 헐렁거리는 군복 안으로 들어간 뒤였다.

트윈 테일이었던 머리카락은 땋아 내리고 얼굴에는 두꺼운 안경을 써서, 한순간에 촌스러운 인상으로 바뀌었다.

그리고 서큐버스는 이마에 손을 댔다.

경례였다.

"저, 저는, 일찍이 전장에서 구해주셨던, 비너스라고 합니다!"

그리고 그 자리에 무릎을 꿇고 깊이 머리를 숙이는 것이었다.

"좀 전에는 실례했습니다. 만나 뵐 수 있어서 영광입니다. 『오크 히어로』 배시 님!"

"어, 어어……."

그 말에 배시는 끄덕였다.

좀처럼 상황을 받아들일 수는 없지만 위기는 벗어난 듯했다.

"분노는 지당! 서큐버스의 은인이자 영웅이신 배시 님께 매료를 걸다니, 긍지 높은 서큐버스로서는 있어선 안 될 일! 모쪼록, 부디 용서를!"

"화가 난 게 아니다. 도중에 그만해주어서 살았다."

"이 어찌나 관대하신 말씀! 감사합니다!"

비너스의 너무나도 야한 몸을 볼 수 없게 되어서 아쉬웠지만 안도한 것은 분명했다.

그대로 있었다면 배시는 그녀의 매료에 저항하지 못하고, 버려서는 안 되는 장소에서 동정을 버렸을 것이다.

그 결과, 배시의 마법 전사는 확정임에 틀림없었다.

그러기는커녕 서큐버스의 노예가 되어 버렸을지도 모른다.

『오크 히어로』가 이마에 마법 전사의 낙인이 찍히고서 노예가 된다면 오크의 긍지는 땅에 떨어질 것이다.

　영웅을 멸시당한 오크도 잠자코 있지는 않는다.

　서큐버스와 오크 사이에 전쟁이 벌어질 것은 틀림없었다.

　오크가 서큐버스를 상대로 전쟁을 걸다니, 있어서는 안 될 일이다.

　이길 수도 없는 멸망의 전쟁이니까.

　"그래서 배시 님, 서큐버스의 나라에는 무슨 용건으로? 배시 님께서 오신다면 우리나라는 모두가 나와서 환영할 터인데……?"

　"설명한다면 조금 복잡하다만……."

　배시는 등 뒤를 돌아보고, 그러자 그곳에는 동생에게 어깻죽지를 꽉 붙잡힌 루도의 모습이 있었다.

　"헉, 어, 지금 그건……?"

　아마도 배시와 마찬가지로 매료에 걸려버렸을 것이다.

　그것이 풀려서 어리둥절한 표정을 짓고 있었다.

　"그렇군요! 복잡한 사정이 있으시군요!"

　그때 비너스는 턱에 손을 댔다.

　"그렇다면 저 요정이 한 말도 사실이었다는 건가요……."

　"요정?"

　"예, 전날 자신을 젤이라고 칭하는 페어리가 찾아와서. 배시 님께서 강물에 떠내려가서 이 부근에 계실 거라고. 숨기고 있다면 가만두지 않겠다며 반나절을 계속 떠들어대서."

　"……."

　"긍지 높은 우리 서큐버스가 은인이신 배시 님께 그런 짓을 할

리가 없다. 모욕이다……라며 모두가 요란을 떨어서 붙잡혔어요."

광경이 여실하게 떠오르는 것 같았다.

"확실히 나는 다리에서 미끄러져 강에 떨어지고, 젤과 헤어졌다."

"다행이다, 그럼 인수하러 와주시겠어요? 하룻밤 내내 떠들어대서 경비병이 노이로제에 걸렸거든요."

"으음……."

배시는 생각했다.

서큐버스의 나라.

당연히 그곳에는 서큐버스밖에 없다.

서큐버스라는 종족은 모두 아름답다. 때로 요염, 때로 청초, 때로 가련. 오크 중에는 서큐버스와 정을 통하는 것을 꿈꾸는 이도 있을 정도다. 설령 아이를 낳지 못하더라도 관계없다고.

다만 서큐버스는 일곱 종족 연합에서 상위에 위치하는 종족, 오크를 상대하는 일 따위는 거의 없다.

그렇다고는 해도 식량으로서는 별개다.

그녀들은 예외 없이 남자를 먹을 기회를 노리고 있다.

배시는 서큐버스에게 나쁜 감정을 가진 것은 아니다.

얼마든지 노리더라도 관계없을 정도다.

아이는 낳을 수 없을지도 모르고 노예가 될 수도 없지만, 하룻밤만의 식사라면 서로가 WIN-WIN 관계를 구축할 수 있을 것이다.

하지만 그것은 동정을 버린 다음으로 한정되는 이야기다.

지금은 물론 안 된다.

그리고 지금 막 벌어졌다시피, 배시는 매료에 내성이 없었다.

서큐버스 하나의 작은 변덕으로, 배시가 걱정하는 최악의 미래가 현실이 된다.

위험한 장소다.

지금 막 매료에 저항하지 못했던 몸으로, 호락호락 그런 곳으로 갈 수는 없다.

"거국적으로 환영할게요! 그래, 다들 기뻐할 거야……!"

"아니, 이곳으로 데려와다오."

"세상에! 부탁드려요! 우리 서큐버스의 은인이신 배시 님께서 국경까지 와주셨는데도 쫓아낸다면, 우리 서큐버스의 불명예! 여왕께서도 질책하실 거예요!"

"하지만……."

배시는 오크 히어로다.

서큐버스에게 동정을 빼앗기는 것이 무서우니까 나라로 들어가고 싶지 않다. 그런 이야기를 솔직하게 할 수는 없다.

조금 곤란해하며 루도와 루카 쪽을 봤다.

"……지금은 동행도 있고, 길을 서두르는 참이기도 하다."

"예? 아아……."

루도는 이야기를 듣고서 망설이는 표정을 짓고 있었다.

반면에 루카는 고개를 절레절레 가로저었다.

지금 막 매료를 체험한 몸으로서는 신변의 위기를 느끼더라도 이상하지는 않았다.

"거기 맛있어 보이는 도련님…… 어흠! 실례, 그쪽 분들은?"

"내 제자다."

"세상에나, 제자 분이셨나요! 배시 님의 가르침을 받을 수 있다니, 이 어찌나 부러운가……! 저도, 부디 침실에서의 밤 기술 특훈을…… 어흠!"

비너스는 추워 보이는 복장이라 감기라도 걸렸는지 몇 번이고 기침을 하며, 마지막에는 진지한 표정으로 돌아와서 배시를 봤다.

"여하튼, 경계를 하시게 만든 모양이군요. 하지만 안심하시길. 배시 님은 서큐버스의 은인! 존경하고 있습니다! 그러니까 배시 님은 물론이고 제자님께 손을 대려는 서큐버스는 없어요. 설령 한둘, 너무나도 남자다운 배시 님의 모습에 폭주하는 사람이 있을지라도 제가, 아뇨, 저희가 손을 대게 두진 않습니다. 리나 사막 철수전에서 당신께 목숨을 구원받은 서큐버스가, 반드시! 목숨을 걸고서라도!"

비너스의 말에서는 무거운 각오가 느껴졌다.

"그러니까 부디! 부디 부탁드려요! 잠시만이라도 괜찮아요! 여왕께 잠깐 인사만이라도! 부탁드립니다! 우리의 명예와 긍지를 위해서라도, 부디!"

그렇게까지 부탁하니 배시도 거절할 수는 없었다.

"알았다…… 하지만 오래 머무르진 않겠다. 우리도 여행의 목적이 있으니까 말이야."

"물론입니다! 자자, 이쪽으로 오시지요!"

이리하여 배시 일행은 서큐버스의 나라로 입국한 것이었다.

■

서큐버스 나라의 수도는 한적했다.

본래라면 짙은 분홍색 안개가 거리를 뒤덮여서 온갖 종족의 남성들의 의식과 이성을 고스란히 날려버리는 거리는, 텅 비어 있었다.

활기라고 할 것은 없고, 다니는 사람도 거의 없었다.

서큐버스는 데몬, 오거와 나란히 일곱 종족 연합의 상위 종족이다.

네 종족 동맹에 가담한 모든 종족의 남성을 상대로 우위에 설 수 있는 특성에 더해서, 육체적으로도 정신적으로도 탁월한 종족.

그것이 서큐버스다.

배시가 아는 서큐버스는 항상 완벽한 화장을 한 얼굴에 요염한 미소를 들러 붙이고, 항상 여유를 드러내던 존재였지만…….

길을 오가는 몇 없는 이들에게 그런 여유는 없었다.

뺨이 수척하고, 어딘가 기운이 없었다.

"무척 한적하군."

"패전국이니까요…… 식량도 거의 없으니, 이 상태로 활기를 드러내는 것도 무리죠. 오크도 비슷한 상황이 아닌가요?"

"오크는 식량이 없는 건 아니니까 말이다. 조금 더 활기가 있지."

식량이 없다.

그런 말을 들은 직후, 배시는 문득 시선을 느끼고 고개를 돌렸다.

보아하니 골목에 서큐버스 몇 명이 모여 있었다.

그녀들은 핏발선 눈으로 배시를 보고 있었다. 애석하게도 입가에서는 침이 흘렀다.

다들 서큐버스다운, 아름답고도 요염한 여성이었다.

몸매도 보는 것만으로 군침을 삼킬 정도였다.

저런 몸의 라인을 휴먼 여성이 만들고자 한다면 상당한 노력이 필요할 것이다.

하지만 자세히 보니 그녀들의 팔다리는 가늘고, 옆구리에는 늑골이 드러나고, 뺨이 야위어 있었다.

만족스럽게 식사를 하지 못하는 것이리라.

전장이 아니기에 입술연지 하나도 안 해서, 입술이 부르튼 것도 깨닫고 말았다.

"어라, 저건 큐카네요. 그녀도 자주…….'

"비너스, 무척 맛있어 보이는 손님들이잖아~?"

비너스가 무언가를 말하려던 순간, 그중 하나가 입술을 핥으며 배시 일행에게 다가왔다.

배시 앞에 서더니 허리를 꾹 내밀고 검지를 입술에 댄 요염한 포즈로, 배시를 찬찬히 관찰했다.

하지만 여자의 시선은 배시의 사타구니에 못 박혔다.

한순간이라도 눈을 떼면 사라져 버린다는 듯, 절대로 놓치지 않겠다는 듯.

배시는 그 시선에 사타구니를 감추어야 할지 잠시 고민했다.

아니, 딱히 노출하고 있는 것은 아니지만, 적이 급소를 노리고 있는데도 그곳을 무방비하게 드러내도 괜찮을지 불안해진 것이었다.

그만큼 강렬한 시선이었다.

"아앙, 이 어찌나 늠름한……."

"여기 도련님도 괜찮은 느낌이지만…… 역시 오크 쪽이 좋아. 진한 거, 잔뜩 나올 것 같아."

다른 서큐버스들도 히죽히죽 저급한, 아니, 아슬아슬하게 요염하다고 할 수 있을 미소로 배시 일행을 천천히 포위했다.

하지만 다가와서 응시하고는 있지만 건드리지는 않았다.

배시는 모르는 일이지만, 이것은 서큐버스족에게 "남이 매료한 먹잇감에 허가 없이 손을 대지 않는다"라는 규칙이 있기 때문이었다.

"쿡쿡, 저거 봐. 여기 아가씨, 오빠를 지키려고 필사적이야."

"귀여워라. 그럼 아가씨한테 특별히, 기분 좋은 오빠의 모습을 보여줄게."

"꺄하하하하, 너 악취미야—."

"뭐야, 그러는 너도 좋아하잖아? 다른 종족 여자가 절망하는 얼굴."

서큐버스들은 제멋대로 말하며 배시 일행 주위를 빙글빙글 돌았다.

얼굴을 새빨갛게 물들이고서 눈을 피하는 루도와, 그런 그를 지키듯이 양팔을 펼치고서 위협하는 루카가 있었다.

"보아하니 국경을 넘은 바보인가? 좋겠네, 국경 경비는. 가끔 그런 진수성찬도 걸려들고. 우리한테도 좀 나누어줘. 나랑 비너스 사이잖아? 거기 작은 건 몰라도, 커다란 건 잔뜩 짜낼 수 있잖아~? 어라? 자세히 보니 아직 작은데? 매료가 제대로 안 걸린 거 아냐? 내가 다시 걸어서…….”

“큐카. 사타구니만이 아니라 얼굴을 봐. 너는 지금, 터무니없는 무례를 저지르고 있어.”

반면에 비너스의 말은 냉혹했다.

말을 건 큐카라는 여자가 눈을 부릅뜨고 몸이 경직될 정도로.

“무례라니, 뭐야. 그거, 조금 정도는 괜찮잖아~…… 우리도…….”

큐카는 변명하듯 시선을 배시의 얼굴로 향했다.

다른 서큐버스도 마찬가지.

그리고 몇 초, 정지했다.

“…………저기, 설마『오크 히어로』배시 님이신가요?”

“그래.”

배시가 끄덕인 순간, 큐카와 다른 서큐버스들이 척, 소리가 날 것만 같이 몸을 폈다.

고양이처럼 웅크리고 있던 허리는 거목처럼 똑바로 위로 뻗고, 살짝 옆으로 기울여서 자신 있는 각도를 유지하던 얼굴도 똑바로, 턱은 당기고 오른손은 얼굴 옆으로 이동했다.

서큐버스군의 정식 경례가 그곳에 있었다.

복장은 적잖이 자극적이었지만.

“실례했습니다!”

“아니, 음…….”

"이봐!"

큐카의 말에 다른 서큐버스들이 황급히 뒷골목으로 달려갔다.

그녀들이 뒷골목에서 가져온 것은 누더기 세 뭉치였다.

그들이 그것을 입자, 살짝 말랐어도 요염한 육체가 가려졌다.

배시로서는 조금 아쉬웠지만 동시에 안도했다.

"큐카라고 합니다! 저희 일동은, 파일즈 강 방어전에서 당신에게 구원을 받았습니다!『오크 히어로』배시 님! 조금 전의 태도, 정말 죄송합니다!"

"죄송합니다!"

큐카는 그리고 단검 한 자루를 꺼냈다.

"큰 은혜를 입은 배시 님께 은혜를 갚기는커녕 식량으로 보다니! 그뿐만 아니라 동료 사이에서 마구 먹어치우려고 하다니, 긍지 높은 서큐버스의 불명예! 지금 이 자리에서, 이 목숨으로 갚겠습니다!"

"아니……."

"허나 여기 두 사람은 아직 미숙합니다! 제 목숨만으로 용서해주시길! 그럼 어리석은 자가 목숨을 바친 참회를 즐겨주십시오! 제 피가 남은 전사의 의지가 되기를! 용서를 바랍니다!"

그리고 그대로 자신의 심장에 찌르려는 것을, 배시는 팔을 붙잡아서 억지로 막았다.

"상관없다. 신경 쓸 건 없어."

서큐버스는 진심으로 존경하는 상대에게는 결코 매료를 걸지 않는다.

배시로서는 조금 아쉬운 일이지만, 그러나 지금 상황은 배시로서도 무척 적절했다.

아무리 배시라고 해도 서큐버스의 매료는 통하니까.

하지만 그런 배시의 기분과는 달리 서큐버스들은 술렁대고 있었다.

"이 어찌나 관대하신 분이실까."

"하물며 손을 붙잡아서 막아주셨어. 큐카 중대장 같은 추녀의 손을, 망설임 없이……."

"큐카 중대장의 죽는 모습이라니, 그저 눈을 더럽히는 일이겠죠. 여하튼 은인에게 욕정하는 창녀니까요."

"너도 그랬잖아?!"

어쨌든 서큐버스들의 시선은 김이 잔뜩 피어오르도록 구운 고기를 보는 눈에서 선망과 존경의 눈빛으로 바뀌었다.

하트 모양이었던 눈은 별 모양으로 바뀌어 반짝반짝 빛났다.

"하지만 배시 님, 이 나라에 와주신 것은 기쁜 일이지만, 조심하시기를."

"무슨 뜻이지?"

"지금 이 나라는 계속하여 긍지를 잃어가고 있어요. 이 나라를 걸어갈 때는 결코 혼자 계시지 않도록, 가능한 한 비너스를 계속 곁에 두도록 하세요."

"흠……?"

그 말에 배시는 고개를 갸웃거렸다.

그것은 별것 아닌 동작이었다.

하지만 서큐버스들에게는 무척 귀여운 동작으로 비쳐서, 지금 막 멈추려고 했던 심장이 마구 두근거리게 만들었다.

"……잘은 모르겠지만, 그렇게 오래 머무를 생각은 없다. 젤을 회수하고 여왕께 인사를 드리면 바로 떠나지."

"예! 그럼 배시 님, 저희와 대화를 나누어주셔서, 감사했습니다! 평생의 추억으로 삼고, 후대까지 자랑하겠습니다!"

"감사했습니다!"

일제히 숙이는 머리.

아름다운 머리카락도, 멋진 몸매도 보이지 않았다.

누더기같이 너덜너덜한 옷을 두른, 일찍이 역전의 전사였던 이들은, 위에서 보니 세 마리 애벌레로 보였다.

그 모습은 지금의 서큐버스를 상징하는 것 같았다.

5. 서큐버스 퀸

『서큐버스 퀸』컬리케일은 서큐버스 중에서도 특히 요염한 여자다.

서큐버스에게 요염하다는 것은, 다시 말해서 역전의 여걸이라는 의미다.

여왕이 되기 전, 『서큐버스 프린세스』였던 무렵부터 그녀는 전세계에 명성을 떨쳤다.

과거의 이명은 『뼈 바르는』 칼리.

남자라면 뼈와 가죽만 남을 때까지 쫙 빨아들이고, 여자라면 등골을 뽑아버렸기에 그런 이름이 붙었다.

그런 그녀였지만 현재의 모습은 전쟁 당시와 달랐다.

커다란 가슴에 커다란 엉덩이, 눈 아래와 가슴 계곡의 점.

그것들은 건재했지만 쇄골에서 가슴에 걸쳐 커다란 화상 흉터가 있었다. 그것도 나뭇가지 같은 흔적.

전격 화상이었다.

그녀는 엘프와 서큐버스의 결전에서 선더 소니아에게 패배한 것이었다.

목숨은 건졌지만 몸에는 커다란 부상을 당하여 한쪽 다리에 후유증이 남고 말았다.

전쟁 종결 후, 그녀는 여왕을 그만두려고 했지만 후계자는 모두 멸족하고 왕으로 일할 수 있는 이도 없었기에, 지금까지도 여왕으로 계속 군림하고 있었다.

그런 그녀 앞으로 비스트 나라에서 정식 항의문이 온 것은 불과 얼마 전이었다.

서큐버스 나라의 전직 장군 캐럿 습격과, 그에 따른 성수 고사.

그녀의 행동은 서큐버스 나라의 총의가 아니냐. 혹시 그렇다면 전쟁도 불사하겠다……고.

그런 일이 줄줄 적혀 있는 항의문은 『서큐버스 퀸』 컬리케일에게 그야말로 마른하늘에 날벼락이었다.

캐럿은 1년 정도 전부터 연락이 끊어졌다.

어딘가에서 부상이나 병이라도 당했느냐며 걱정하여 다른 나라에게 손가락질당하는 것을 각오하고 수색대를 보내자고, 그렇게 결의한 직후의 일이었다.

어째서 이런 일을, 그렇게 생각하는 반면, 아아 그런가, 납득하고 마는 부분도 있었다.

그녀에게는 고생을 시켰다.

외국과의 교섭을 모두 그녀에게 맡겨버렸다.

그곳에서 벌어진 일을 캐럿은 그다지 이야기하려고 하지는 않았지만, 어떤 취급을 당했는지는 불을 보듯이 빤했다.

다만 캐럿은 컬리케일 앞에서는 그것을 얼굴에 드러내지 않고, 그저 성과가 없었다는 사실을 면목 없다는 듯이 이야기할 뿐이었다.

캐럿은 누구보다도 서큐버스라는 종족을 생각했다.

그런 그녀는 의지가 되지만, 반면에 지나치게 외골수인 경향이

기도 했다.

컬리케일은 그녀가 언제 울분이 폭발하더라도 이상하지는 않다며 걱정했다.

그렇기에 "아아 그런가"였다.

그래서 컬리케일은 그 이상 캐럿의 행동에 대해서 생각하는 것은 그만두었다.

가장 긍지 높은 서큐버스였던 그녀가 폭발했다면, 다른 어느 서큐버스일지라도 같은 말로에 다다랐을 테니까.

컬리케일에게도 서큐버스 나라의 백성에게도, 캐럿을 책망할 자격 따위는 없다.

남겨진 이가 생각해야 할 것은 그녀의 처우가 아니다.

그녀의 행동 탓에 지금 서큐버스 나라가 의심을 받고 있다는 점이다.

그녀가 행한 일이 진실이라면 비스트와의 전쟁은 충분히 벌어질 수 있을 것이다.

현재의 서큐버스에게 타국과 전쟁을 할 여력 따위는 남아 있지 않았다.

싸운다면 틀림없이 패배하고 갓난아기에 이르기까지 몰살당할 것임은 틀림없다.

근절 당하여 절멸할 것이다.

서큐버스라는 종은 그만큼 미움받고 있다.

이 나라를, 서큐버스라는 종을 존속시키기 위해서라도 대응을 그르칠 수는 없었다.

그러니까 바로 사죄문을 보냈다.

캐럿은 이미 우리나라에서 나간 인물, 나라의 의향과 관계는 없고, 이번 일은 무척 유감이라고.

혹시 캐럿이 우리나라로 돌아온다면 목에 밧줄을 묶어서 넘기겠다고.

나라를 위하여 정력적으로 계속 일해준 캐럿에게 이 무슨 은혜도 모르는 짓이냐고 생각하면서도…….

그 사죄문에 대한 답변은 아직 돌아오지 않았다.

혹시 그 편지가 비스트의 트집이고, 은근슬쩍 전쟁으로 끌고 간다면 어떻게 해야 하는가, 백성을 지킬 수 있을 것인가…….

컬리케일의 마음속은 항상 그런 생각으로 가득했다.

컬리케일은 전시의 여왕이다. 외교보다 전쟁이 특기인 전사다.

하지만 할 수 있는 일이라도 해야만 했다. 참으로 재난뿐이다.

최근에는 그런 일이나 만성적인 식량난에 더해, 비도 계속 내리고 있었다.

마을은 결계로 지키니까 수해 걱정은 없지만, 언젠가 '사료' 생산이 때를 맞추지 못하는 날도 올 것이다.

때를 같이하여 나자르로부터 새로운 식량을 보내주겠다는 편지도 온 것은 기쁘지만, 그것도 어디까지 신용할 수 있을지…….

그런 고민스러운 날이 이어지던 그때, 더더욱 나쁜 일이 벌어졌다.

페어리가 쳐들어온 것이었다.

"우오오오오! 당신! 배시는 어딘가요! 서큐버스들, 숨기고 있다면 가만두지 않겠어요! 배시가 아무리 좋은 남자라도, 해도 될 일과 안 될 일이 있다고요!『오크 히어로』를 납치 감금해서 끝까지 빨아내려 하다니 파렴치의 극치예요! 혹시 배시가 기뻐하더라도 나, 젤이 용서하지 않아요! 자! 얼른 배시를 내놓아요! 안 그러면 몰살시키겠어요! 당신, 당신! 대답해줘요, 당신!"

컬리케일 앞으로 끌려왔을 때, 쳐들어온 페어리는 그야말로 둘둘 말려 있었다.

『일구이언의 젤』. 유명한 페어리였다.

당연히 유명한 것은 거짓말쟁이라서 그런 것이 아니었다.

이 페어리가, 서큐버스가 큰 은혜를 입은『오크 히어로』배시의 파트너이기 때문이었다.

그렇다고는 해도 어째서 이 페어리가 이곳에 있는지, 도무지 알 수가 없었다.

게다가 배시가 강에 떨어졌다든지, 이 근처로 왔을 것이라든지, 서큐버스가 붙잡았다든지, 영문 모를 이야기를 했다.

본래라면 "긍지 높은 서큐버스를 얕보지 마라"라고 일갈했을 일이었다.

서큐버스는 무엇보다도 은혜를 소중히 여기는 종족이다. 큰 은혜를 입은 배시를 식량으로 보고, 하물며 그의 자유를 빼앗을 어리석은 자는 존재하지 않는다. 혹시 발견했다면 바로 여왕인 자신에게 보고하고 국빈으로 환영할 터.

……그렇게 말하고 싶은 참이지만, 현재 서큐버스 나라는 무척 어수선했다.

모두가 굶주리고, 종족 전체가 점차 긍지를 잃고 있었다.

한심한 일이지만 절대로 아니라고 단언할 수가 없는 것이었다.

물론 있어서는 안 되는 일이다.

배시를 주워서 납치감금하고 식량으로 취급할 법한 녀석이 서큐버스 나라에 있다면, 결코 용서할 수는 없다.

여왕의 이름 아래 공개처형을 진행할 필요가 있다.

"니오, 설마 그럴까 싶지만, 일단 조사를. 또 넌지시 국경 경비에게 전해두도록."

"예."

그래서 측근에게 극비리에 국내 조사를 시키기에 이르렀다.

하지만 이 시점에서 컬리케일은 낙관시하고 있었다. 애당초 배시가 이 부근에 올 이유 따위는 없다. 어차피 페어리의 헛소리겠지……라고.

그 판단을 섣부르다고 비웃을 사람도 있을지도 모르겠다.

하지만 그런 법이었다. 페어리가 갑자기 달려와서 무언가를 외치는 것은, 우선은 거짓말이나 장난을 의심해야만 하는 것이다.

긴 역사가 그것을 증명하고 있으니까.

그리하려 이틀 정도 지나서, 측근으로부터 "수상쩍은 자는 조사했지만 전부 문제없습니다"라는 보고가 돌아왔다.

역시 페어리의 거짓말이었나, 배시 님의 예전 파트너라고 해도 용서할 수는 없다, 사지를 찢어서 표본으로 삼아주겠다……라고 분개하던 참에.

"폐하. 국경 경비인 비너스가 배시 님을 발견하여 이쪽으로 오고 있는 모양입니다."

그런 보고가 도착했다.

■

현재 서큐버스 퀸 컬리케일 앞에, 한 오크가 있었다.

녹색 피부에 거대한 검을 짊어지고, 온몸에서 강자의 기운을 뿜어내는 오크.

『오크 히어로』배시가 앉아 있었다.

"정말 잘 오셨어요.『오크 히어로』배시 님."

서큐버스의 옥좌는 가로로 길게 만들어져 있다.

여왕은 알현에서 나른하게 옆으로 누워 상대를 내려다보는 것이 통례다.

그럴 마음만 있다면 수면을 취할 수도 있는, 이른바 소파베드 같은 옥좌.

어째서 그렇게 되었느냐고 묻는다면, 알현 상대가 남자라면 언제든지 식사 행위에 다다르기 위해서였다.

하지만 상대가 존경하는 인물이자 은혜가 있는 남성이라면 그럴 수도 없었다.

컬리케일은 그야말로 등줄기를 쫙 펴고서 앉아 있었다.

"비너스와 큐카가 각자 매료를 건 모양이었다만, 그만두어 주었다."

"세상에……! 용서해주세요. 그녀들에게는 엄히 벌을 줄 테니……."

"괜찮다. 서큐버스라고 해도, 구애를 받는 건 나쁜 기분이 아니야."

존경하는 은인에게 매료를 걸다니, 서큐버스에게 금기 중의 금기.

배시는 이렇게 말해주지만 역시나 그녀들에게는 처벌이 필요할 것이다.

컬리케일은 그렇게 생각했지만 배시를 보니 그런 기분이 줄어들었다.

"……배시 님."

무심코 안기고 싶어지는 억센 팔, 유혹하느냐고 착각하게 만드는 히프라인, 잔뜩 내어줄 것 같은 탄탄한 하반신…….

'너무 야해……!'

지금 당장 알몸으로 벗겨서 먹어버리고 싶다.

'아니지, 아니야! 정신 차리는 거야, 컬리케일! 배시 님은 서큐버스의 나라를 구해주신 은인! 리나 사막에서 그가 와주지 않았다면, 지금쯤 서큐버스는 멸망했으니까! 식량으로 보면 안 돼!'

혹시 자신이 여왕이 아니었다면 참을 수 없었을 것이다.

다른 서큐버스들도 잘도 참아주었다고 생각했다. 비너스도 큐카도, 나라를 위해 애써준 군인이다. 긍지가 무엇인지 아는 것이리라.

그런 그녀들이 한때의 미혹으로 벌을 받아야만 한다니, 있어서는 안 될 일이다.

"본래라면 거국적으로 당신을 환영해야 하겠지만, 부끄럽게도 우리나라도 빈궁해서 현재는 조금 어수선한 상황이라."

"상관없다. 배려에 감사하지."

"당연한 일이니까요."

책상다리로 앉은 배시 앞에는 여러 요리가 놓여 있었다.

소 통구이에 산더미 같은 빵, 전채 요리에 몇 종류의 스프, 디저트.

휴먼을 흉내 내어 만든 와인을 쭉 비우고, 바로 옆에 앉은 서큐버스가 다시 따라주자 참으로 만족스러운 미소를 지었다.

다른 종족은 이런 식사를 즐긴다고 들어서 만들었기에 컬리케일은 맛이 어떤지 모르지만, 하지만 배시는 맛있게 그것을 먹고 있었다.

"그보다 여기서 젤이 폐를 끼쳤다고 들었다."

"아, 그 페어리 말이죠. 확실히 민폐예요. 인수하시는 건가요?"

"물론이다."

"그럼…… 니오!"

컬리케일이 짝짝 손뼉을 치자 손수레 하나가 나왔다.

그 위에 실려 있는 것은 당연히 젤이었다.

젤은 칭칭 감기고서 마법진이 그려진 부적까지 붙고, 게다가 새장 안에 들어 있었다.

절대로 놓치지 않겠다는 엄중한 구속이었다.

"아, 당신이다. 그렇다는 건, 슬슬 내 의심도 풀린 느낌인가요? 아니면 이 귀여운 페어리를 둘러싸고 결투를 벌인다든지? 아무리 그래도 공평하지 않다고요? 매료가 있다면 당신에게 승산은 없고, 매료가 없다면 서큐버스에게 승산이 없어요! 추천할 수가 없네요! 그보다도 이 밧줄 좀 풀어주지 않을래요? 아얏! 조금 더 정중하게! 페어리는 겉모습 그대로 섬세하니까요! 사지를 찢고 목을 딴다든지, 불에 타면 죽으니까요!"

손수레를 끌고 온 측근 니오가 새장의 뚜껑을 열고 거꾸로 뒤집어서 흔들자 젤이 툭 떨어졌다.

서큐버스가 말없이 손톱을 뻗자 젤을 뒤덮은 밧줄이 끊어지고, 젤은 자유로워졌다.

그 순간, 젤은 엄청난 속도로 날아다니기 시작했다.

"우오오! 자유! 역시 페어리는 자유롭기에 페어리! 울어라 내 날개, 스피드를 느끼는 순간이야말로 자유를 실감하는 순간! 부딪치는 공기의 벽! 힘겨운 숨! 한 조각의 호흡! 공기가 맛있어! 아아, 이것이 스피드 그 너머!"

과장스럽게 자유를 실감하는 페어리는 한동안 한산한 궁전 안을 날아다닌 뒤, 배시의 어깨에 척 착지했다.

"이것 참―, 당신한테는 항상 도움만 받네요! 이번에도 당신을 구하러 가자고 생각했더니, 우왕좌왕하는 사이에 오히려 당신이 구해줬어요. 이것이 내 인생이네요! 그야말로 생명의 은인. 평생 함께하며 갚을 수 있을 만큼 갚을 생각이에요!"

"그럴 건 없다. 네 지식에는 도움을 받고 있어."

"오오! 그런 말을 하다니, 내가 페어리만 아니었다면 진즉에 당신의 아내는 찾았을 참이라고요!"

젤이 몸을 꾸물꾸물하며 그렇게 말했다.

배시로서도 젤이 휴먼이나 엘프라면 좋았을 것이라 생각했지만, 안타깝게도 그렇지는 않았다.

애당초 페어리이기에 오크와 친하게 지낼 수 있는 것이었다.

그 밖의 종족이라면 오크에게는 성욕의 배출구다.

"그건 그렇고 역시나 당신이네요. 그 거친 탁류에 빠지고 잘도 무사했네요! 아니, 물론 당신이라면 그런 탁류 정도로 죽지는 않는다고 생각했다고요? 하지만 아무리 그래도 조금 더 소모되었을 거라 생각했거든요. 그러던 참에 서큐버스에게 붙잡혀서 이런 일 저런 일을……!"

"닥쳐라, 요정! 우리 긍지 높은 서큐버스가 큰 은혜를 입은 배시 님께 그런 무례를 저지르겠느냐! 깔보지 마라!"

컬리케일은 위엄 가득한 목소리로 말했다.

그 목소리에는 신기한 힘이 실려 있어서 젤은 온몸이 쫙 경직되었다.

그대로 어깨에서 떨어지려는 것을 배시는 손바닥으로 받아냈다.

"어흠, 실례했습니다. 배시 님. 큰 목소리를 내고 말았네요."

"……아니, 괜찮다. 젤도 실례되는 소리를 했다."

"그, 그러네요, 당황했다고는 해도 좀 미안해요…… 죄송합니다……."

젤은 사과했다. 참으로 보기 드물게도 제대로 사과할 수 있는 페어리였다.

"그런데 배시 님."

그렇다면 컬리케일로서는 곤란한 상황이 된다.

배시가 이 나라에 온다면 국빈으로 환영한다. 그것은 틀림없다.

이 오크는 그만한 일을 해주었다.

이런 너무나도 야한 오크가 국내에 있다면 국민도 배가 고파질 테고 그에 견디지 못하는 사람도 있을 테니까, 국빈이라고 해도 은밀하게 대우하겠지만.

그러니까 그것은 됐다. 문제는 그것이 아니었다. 정말로 문제가 있다면…….

"우리나라에는 어떠한 용건으로?"

본래라면 올 리가 없는 인물.

오크의 나라에서 영웅으로서 유유자적한 생활을 보내고 있을 터인 인물.

조금 더 말하면, 서큐버스 나라를 상대로 큰 발언권을 가진 인물. 그런 인물이 굳이 서큐버스 나라에 와서 무엇을 하려는 것인가.

구체적으로 말하면 누구의 사주로, 무엇을 요구하러 왔는가.

다리가 미끄러져서 강에 빠진 끝에 흘러들었다고 하지만, 배시라는 영웅이 그런 얼간이가 아니라는 사실은 그와 함께 싸운 사람이라면 알고 있다.

무언가 목적이 있어서 서큐버스 나라를 방문한 것은 틀림없다.

그것은 살짝 뒤가 구린 일이라서 젤을 먼저 서큐버스 나라로 침입시키고, 굳이 붙잡히는 방법으로 대의명분을 얻어서 자신도 잠입한다.

그렇게 생각하는 편이 자연스럽고 이치에도 맞는다.

조금 조잡하고 에두른 작전. 오크가 그것을 떠올렸다면 지나치게 머리가 좋아야 하겠지만 페어리라면 아슬아슬하게 떠올릴 수도 있을 것 같았다.

"젤을 회수하러 왔을 뿐이다. 용건은 없어. 바로 떠날 생각이다."

"……그렇군요."

컬리케일이 아직 어릴 때라면, 어쩌면 그 말을 순순히 믿었을지도 모른다.

하지만 그녀는 역전의 여왕.

점차 가라앉고 있는 나라를 어떻게든 유지하려 하는, 서큐버스의 수장이다.

"그럼 목적지는 어디인가요?"

"데몬의 나라."

그 말에 등줄기가 쫙 얼어붙었다.

전 서큐버스 장군 캐럿은 게디구즈를 부활시킨다, 그런 이야기를 했다고 한다.

다름 아닌 데몬 왕 게디구즈를.

컬리케일도 그를 걸물로 기억하고 있었다.

혹시 부활한다면 전쟁 재개는 피할 수 없다. 서큐버스에게 전쟁에서 마지막까지 싸울 힘 따위는 남아 있지 않은데도.

"그건…… 어째서?"

"어, 아…… 아니, 어떤 것을 찾고 있어서 말이지."

배시는 한순간 말문이 막혔지만 그렇게 말했다.

역시 무언가를 감추고 있다. 컬리케일은 그 순간에 깨달았다.

"그건, 우리나라에는 없는 건가요?"

"…………찾아보지 않고서는 알 수 없지만, 아마도 없겠지."

있는 거구나, 컬리케일은 생각했다.

동시에 그런 에두른 말을, 그런 생각을 했다.

당신이 원한다면 이곳 서큐버스 나라에서 손에 넣을 수 없는 것은 없을 텐데.

컬리케일은 높은 이성을 가진 서큐버스이지만, 배시가 한 발 먹여주겠다고 한다면 서큐버스 나라의 국보일지라도 내어놓을지도 모른다.

애당초 국보 같은 것보다 영웅과의 아찔한 하룻밤이 훨씬 가치가…….

'아니야! 아니야! 정신 차려, 컬리케일! 너는 서큐버스의 여왕이야! 그런 어린 계집애 같은 망상이나 할 때가 아니라고! 서큐버스 나라의 진퇴가 걸린 갈림길이라고!'

컬리케일은 고개를 내저어 머리를 망상에서 떨쳐냈다.

농후한 정력을 가진 남성이 찾아와서 "하룻밤 마음대로 해도 된다"라며 다가오다니, 한창때의 계집애도 하지 않을 망상이다.

그렇다고는 해도 잘만 하면 기회도, 그렇게 생각하고 마는 것도 서큐버스의 천성이었다.

"그 찾는다는 건, 데몬의 나라에는 있다고?"

"그래, 나자르가 그렇게 말했다."

"나자르라면, 그 『내천(來天)의 왕자』?"

"그래."

그거야, 컬리케일은 알아차렸다.

나자르라면 바로 얼마 전에 서큐버스 나라로 편지를 보내준 인물이다.

서큐버스 나라가 식량난이라는 이야기를 듣고, 새로운 식량을 보내주겠다고 적혀 있었다.

솔직히 그런 너무나도 입맛에 맞는 이야기는 없다고 생각했다.

최근 몇 년, 캐럿이 얼마나 타국을 돌며 식량난을 호소했다고 생각하는가.

일시 귀국한 그녀의 옷이 오물로 얼룩투성이가 된 모습을, 컬리케일은 평생 잊을 수 없다.

'휴먼의 사주인가.'

컬리케일의 눈매가 스윽 가늘어졌다.

살짝 이면이 보였다.

아마도 배시는 감사 요원일 것이다.

서큐버스가 정말로 식량난인지 어떤지, 데려온 식량들을 제대로 관리할 수 있는지.

그럴 것이다.

휴먼들은 동포를 식량으로 보내주고 있다.

실제로 전쟁 직후에는 그런 그들의 동포를, 서큐버스는 마구잡이로 먹어치워서 상당한 숫자를 죽여 버렸다.

그런 장소로 또다시 동포를 보내도 되는 것인가, 휴먼 중에도 의견이 갈릴 것이다.

오히려 반대가 다수일까.

그렇기에 감사 요원을 보내어 안전한지를 확인토록 한 것이다.

어째서 배시를, 그렇게 생각했더니 적임자임은 금세 알 수 있었다.

혹시 서큐버스 나라에서 먹이를 마구잡이로 먹어치우고 있을 경우, 감사 요원을 보낸다면 그것을 은폐하고자 계획할 것이다.

그러니까 비밀리에 진행해야만 한다.

하지만 새삼스럽게 휴먼을 보낸다고 하면 감사 요원임을 들켜 버린다.

그래서 배시.

전날 비스트의 나라에서 셋째 공주의 결혼식이 진행되었다는 데, 배시도 그곳에 참가했을 것이다.

오크도 서큐버스와 마찬가지, 네 종족 동맹에서 미움을 받고 있다.

캐럿이 날뛰었다는 사건으로 의심을 받아서, 결백을 증명한다는 명목으로 서큐버스 나라 잠입을 명령받더라도 이상하지는 않다.

그라면 휴먼과 관계없는 척 잠입할 수 있고, 서큐버스의 존경을 모으고 있으니까 먹이터 견학도 간단히 할 수 있다.

혹시 배시 본인이 마구 먹혀 버리더라도 휴먼의 손해는 없다.

교활한 휴먼이 생각할 법한 일이었다.

"그런데 배시 님, 조금 다른 이야기이지만 서큐버스 나라의 '식당'에 관심은 있으실까요?"

"식당……? 음, 뭐, 없다고 하면 거짓말이겠군……."

'역시!'

살짝 에두른 그 대답에 컬리케일은 자신의 생각이 틀림없다고 확신했다.

'그렇다면 섣불리 돌려보내는 건 하책이야. 배시 님께서 곤란하시겠지…… 원래 그럴 생각은 아니지만…….'

컬리케일은 내심 그렇게 생각하며 고개를 붕붕 내젓고 심호흡을 했다.

'아니, 감출 일은 없어! 처음의 먹이가 죽은 뒤로 계속 공부한걸. 게다가 배시 님은 오크, 거짓 보고를 할 걱정도 없어. 있는 그대로 보여주면 그만이야!'

컬리케일은 고개를 들고 결의가 담긴 눈으로 배시를 봤다.

그리고 자신감을 가지고 입을 열었다.

"혹시 괜찮으시다면, 출발 전에 '식당' 견학 같은 건 어떠실까요?"

"아니, 바로 떠날 생각이다."

"그런 말씀 마시고. 결계 밖은 억수 같은 비…… 데몬의 나라에 다다르는 것도 힘들겠죠. 한동안은 비를 피하고, 겸사겸사 우리 나라를 구경이라도 하세요. 허덕대고 있는 나라이지만 이래 봬도 볼만한 것도 있다고요?"

"으음……."

배시는 조금 고민하는 것 같았지만 젤이 무언가를 귓속말하고, 소곤소곤 작게 대화를 시작하더니 이윽고 끄덕였다.

"알았다. 그렇게 하도록 하지."

이리하여 배시는 서큐버스의 나라에 머무르게 되었다.

컬리케일과의 알현을 마치고 두 사람은 알현실에서 나왔다.

안내 담당을 준비할 테니까 조금 대기해달라는 말에, 두 사람은 바닥에 앉았다.

두 사람은 잠시 입을 다물고 있었지만 이윽고 젤이 툭하니 말했다.

"서큐버스 여왕님, 엄청 무서웠어요. 당신을 엄청난 눈으로 노려봤다고요."

"서큐버스에게 오크는 하등 종족이야. 본래라면 나라 안으로 들이고 싶지도 않았을 테지."

"그러네요. 전쟁 중에 처음으로 여왕과 만났을 때, 엄청 깎아내렸으니까 말이죠. 더러운 놈들, 내게 다가오지 마라, 어쩌고저쩌고."

"그립군.『오크 히어로』로서 남 못지않은 대우를 받을 수 있게 된 것만으로 감사해야겠지."

그런 대화를 나누었다는 사실은 아무도 모른다.

혹시 컬리케일이 들었다면 현 서큐버스 퀸은 자결하고 새로운 여왕을 세웠을 것이다.

ORC HERO
STORY
오크영웅이야기
촌 탁 열 전

6. 식당

배시에게는 서큐버스 나라의 왕궁 안에 방이 준비되었다.

이것은 서큐버스에게 남녀의 개념이 희박하다는 것도 있지만, 그보다도 방범의 이유가 가장 컸다.

이 나라에서 남자가 혼자 방에 있다는 것은 "나를 먹어줘"라는 의사표시니까.

그러니까 방에는 호위가 붙고, 현재도 서큐버스 군인 셋이 방 앞과 창 밖에서 보초를 서고 있었다.

"그렇게 되었다."

그런 방 안에서 배시는 젤에게 그때까지의 경위를 이야기했다.

"그렇군요. 물의 정령인가요……."

젤은 잘 알겠다는 표정으로 끄덕이고 쌍둥이 남매를 봤다.

"두 분은, 혹시 물의 정령과 친구인가요?"

두 사람은 현재 곤란하다는 표정이었다.

"물의 정령님……인가요?"

"아뇨, 나도 루카도, 정령님의 모습은커녕 목소리도 들은 적이 없어요."

"어쩌면 너희 어머니 루라루라가 정령에게 사랑을 받았기 때문일지도 모르겠군."

배시가 그렇게 말해도 루카는 고개를 끄덕였다.

"맞아요. 어머니는 오거인데도 얼음의 마법에 뛰어났으니까……

하지만 정령님은 개인만을 사랑한다고 들었어요."

"뭐, 정령은 변덕쟁이니까요. 우리도 바람의 정령이랑 자주 얽히지만, 평소에는 부탁이니 맥락이 없는 설교만 하는 주제에 여차할 때는 꽤나 도와주기도 하니까요…… 아, 어쩌면 그 녀석들, 사람을 구하는 게 취미였다든지 그럴지도 모르겠네요! 그러니까 모르는 아이를 구할 때도 있을지도 몰라요!"

젤의 말에 일단 정령이란 그런 존재라고 납득했다.

변덕쟁이니까, 어쩔 수 없다. 재해와 똑같다.

사람은 그 변덕으로 무언가 수혜를 얻었을 때 그저 기뻐하고, 빼앗겼을 때도 그저 받아들일 수밖에 없는 것이다.

"그래서, 이제부터 어떻게 하나요?"

"나라를 뒤덮은 결계 밖은 비가 거칠어. 우리뿐이라면 몰라도, 이 녀석들을 데리고 간다면 어렵겠지. 비가 그칠 때까지 이 나라에 머무를 수밖에 없다."

"당신도 강에 빠졌을 정도니까요……."

그 말에 루도의 입가가 굳어졌다.

"기껏 쫓아왔는데, 이대로 놓칠 수밖에 없나요……."

"녀석도 그리폰을 잃은 상태로 빗속을 이동하고 있다. 휴먼의 다리로는 그리 멀리 가진 못 해. 발이 묶였다고 봐야겠지."

"그렇군요, 역시 스승님!"

악천후에서 휴먼의 이동 속도는 느리다.

전쟁에서 휴먼은 열두 종족 중에서 가장 지형이나 날씨에 쉽게 좌우되는 종족이었다고 할 수 있을 것이다.

리저드맨처럼 특별히 우위에서 움직일 수 있는 지형이나 날씨가 있는 것도 아닌데도, 약점은 많은 것이었다.

"그럼 이럴 때, 최대한 수련을 시켜주세요! 나, 더욱 강해지고 싶거든요! 잘은 모르겠지만, 정령님을 실망시킬 순 없으니까요!"

"그래."

배시로서는 당장에라도 출발하고 싶은 참이었다.

마법 전사가 될 때까지의 시간은 시시각각 다가오고 있었다.

아무리 데몬 장군에게 보내는 편지를 받았다고는 해도, 이번에도 확실하다고는 할 수 없었다.

가슴속에는 항상 초조함이 있었다.

하지만 컬리케일의 말을 듣고 이 나라에 대한 흥미가 조금 샘솟은 것도 사실이었다.

"어라, 당신, 왜 그러나요? 조마조마해서는."

"아니, 조금 전에 여왕이 이 나라를 안내해 주겠다고 했지? 그게 신경이 쓰여서 말이다."

"그렇군요! 서큐버스라면 다들 미인인 걸로 유명하니까요! 당신도 오크로서 그런 미녀를 보고 흥분한 건가요?! 아깝네요, 많은 서큐버스들은 당신을 존경하는 모양이니까, 오크 아이를 낳을 수 있다면 당신의 아내도 간단히 찾을 수 있었을지도 모르는데."

"음……."

배시는 그렇게 끄덕였지만, 설령 서큐버스가 오크의 아이를 낳을 수 있었을지라도 지금은 아직 프러포즈에 다다를 상황은 아니었다.

마법 전사는 무엇보다도 피해야만 하니까.

그렇기에 배시가 안절부절못하는 것은 다른 이유였다.

서큐버스의 '식당'.

그것은 다시 말해 오크의 번식장과 비슷한 곳이다.

밤낮으로 남녀가 교미를 벌이는 장소이다. 차이가 있다면 서큐버스는 그것이 식사이지 자손을 만드는 목적이 아니라는 것. 그러니까 『성교』가 아니라는 것이다.

그렇다고는 하지만 행위 자체는 성교와 아무런 차이가 없다.

배시는 오크이지만 다른 이의 성교를 찬찬히 관찰한 적은 없었다.

전쟁 중에는 그럴 여유도 없이 전투에 나섰고, 전후에는 번식장에는 가지 않았다. 당연히 여자를 품은 적도 없었다.

신입 전사였을 무렵에 몇 번인가 전사장이 여자를 덮치는 모습을 과시하는 것을, 멀리서 본 적이 있는 정도.

오크의 번식장으로 가면 현재의 오크들이 어떠한 성교를 하는지 볼 수는 있었을 것이다.

동시에 견본을 보여 달라며 부탁을 받았을 것도 틀림없다.

배시 최후의 날이다.

하지만 서큐버스의 나라라면 그런 일은 없을 것이다.

서큐버스는 아무래도 배시를 매료할 생각은 없는 모양이니까 안전하게 교미를 견학할 수 있다.

자세히 보고 관찰하는 것은 무척 중요하다.

서큐버스의 '식사'를 자세히 관찰해두면, 다가올 동정 졸업의 그때 큰 실패를 저지르지 않을 터.

그러니까 배시는 영 침착하지를 못했다.

서큐버스는 오크와는 또 다르지만, 거친 교미로 남자를 끝까지 빨아낸다고 들었다.

공부가 될 것은 틀림없었다.

"아내, 라고요?"

툭하니 그렇게 물은 것은 루카였다.

"저기, 배시 님은, 아내를 맞는 건가요? 오거나 데몬들과 마찬가지로? 오크라는 건 여성 하나를, 그게, 공유한다고 들었는데요……."

오크를 잘 모르는 사람은 자주 이런 의문을 가진다.

그에 대답한 것은 물론 젤이었다.

"그래요! 『오크 히어로』 정도 되면 자기 전용의 여자를 마련하는 게 허락되니까요! 하지만 현재 오크 나라의 정세로는 이이가 만족할 법한 아내를 찾는 것은 우선 불가능. 그러니까 당신은 자신의 아내를 찾아서 여행에 나섰다…… 그런 거예요!"

"저기, 조건 같은 건 있나요?"

"역시 오크니까 아이를 낳을 수 있는 게 대전제예요! 그러니까 서큐버스는 NG예요. 그리고 리저드맨 같은 경우도 당신의 취향에 안 맞으니까 안 돼요! 당신은 외모가 중요하니까 엘프나 휴먼이 베스트, 다음으로 비스트일까요. 드워프는 당신 취향이 아니지만 휴먼과의 혼혈이라면 괜찮고요! 다만 역시나 당신은 위대한 남자니까, 아내 역시도 상응하는 격이 요구된다고 생각해요. 흔한 마을처녀는 나로서는 인정할 수 없다고 할까, 너 같은 시골뜨기한테 당신은 못 준다! 라는 느낌이라서. 음, 적어도 직위가 있으면 좋겠네요, 『여기사』라든지! 『족장의 딸』이라든지!"

"혼혈…… 그게, 예를 들자면 말인데요, 오거는 상대로, 어떠신가요?"

"오거인가요! 당신, 어떤가요!"

이야기가 돌아오자 배시가 떠올린 것은 루도와 루카의 어머니 루라루라였다.

오거 남성은 오크를 크게 뛰어넘는 거구에 바위 같은 피부를 가지고 있다.

하지만 여성은 휴먼이나 데몬에 가까워서, 조금 근육질이지만 아름답다.

"나쁘진 않다…… 하지만 나 같은 건 상대해주지 않겠지."

"그렇겠죠~. 기본적으로 데몬이나 오거는 서큐버스와 마찬가지로 오크를 아래로 보니까 당신이 바라더라도 손에 넣을 수 있을지…….."

"다만 그런 종족을 아내로 삼게 된다면 의기양양하게 개선할 수 있겠지."

배시의 말에 루카는 "의기양양……" 하고 중얼거리며 생각에 잠겨버렸다.

그 후로도 젤은 배시를 칭송하는 말을 머신건처럼 쏟아냈지만, 루카가 입을 다물어 버렸기에 대화가 성립되지는 않았다.

그런 젤이 연주하는 BGM을 배경으로, 이곳은 침묵으로 뒤덮였다고 할 수 있을 것이다.

똑똑.

그때 누군가 방문을 두드렸다.

"한창 쉬고 계신 참에, 실례합니다! 비너스 중위입니다!"

"들어와라!"

"들어갈게요!"

그리고 서큐버스 하나가 방으로 들어왔다.

핑크색 머리카락을 땋아 내린, 어린 외모의 여성.

두꺼운 안경과 헐렁헐렁한 군복으로 가렸지만, 이곳에 있는 모두 그녀가 요염한 몸매의 소유자라는 사실을 알고 있었다.

루도는 그것을 떠올렸는지 움찔움찔 무릎을 비비고 있었다.

"저, 비너스가 여러분께 마을을 안내하는 역할을 맡았습니다!"

날카롭고 달콤한 목소리에서는 살짝 긴장이 느껴졌다.

배시에 대한 존경과 정념이 느껴지는 태도는, 배시의 눈에도 호의적으로 비쳤다.

혹시 그녀가 서큐버스가 아니었다면 바로 프러포즈를 감행했으리라 단언할 수 있을 정도였다.

"지금 바로 나가실까요, 아니면 조금 더 쉬시겠나요?"

"기다리고 있었다. 바로 가도록 하지."

"예!"

그녀는 그런 말이 돌아오리라 알고 있다는 듯 끄덕였다.

■

그리하여 배시 일행이 안내받은 곳은 거대한 한 채의 건축물이었다.

왕궁과 동등, 혹은 그 이상의 크기는 아닐까 여겨지는 사각 건축물.

그 건물 주위에는 보초가 몇 명이나 서 있어서 삼엄한 경비태세가 엿보였다.

"여기가 우리 서큐버스 나라의『식당』입니다."

"무척 크군."

"전쟁 중에는 마구 먹어치웠지만, 전후에는 식량을 가능한 한 오래 살려둘 필요가 생겼으니까요. 그들이 정말 자유롭게 살 수 있도록 이런 건물을 지었죠."

비너스가 그렇게 말하여 그 건물로 다가가자 보초 하나가 '설마' 하는 표정을 지으며 다가왔다.

"비너스 중위님, 거기 있는 남자는 혹시 추가 식량인가요?! 이 어찌나 훌륭한 오크인지. 그 하나로 오늘 쉰 명은 배를 채울 수 있겠어요."

"아니야! 이미 소식은 전해졌을 텐데!"

"예? 예, 아마도 시찰…… 아니, 견학을 하신다고! 혹시 거기 그분이?"

"그래, 배시 님이다. 그러니까 너무 그런 눈으로 보진 마라."

"하, 하지만……"

보초가 배시 쪽을 보고는 꿀꺽 침을 삼켰다.

눈에는 핏발이 서고, 긴 혀는 날름날름 입술을 핥고, 손과 날개가 연신 움직였다.

"네가 '우리'와 붙고 싶다면 이 이상은 말리지 않겠지만, 목숨은 소중한 거라고?"

비너스의 그 말투는 배시에게 말을 건넬 때와 크게 달랐다.

자신의 전투력에 대한 압도적인 자신감이 넘치고, 더러운 도둑 고양이를 박살 내 주겠다는 의지가 느껴졌다.

리나 사막 철수전에서 살아남은 서큐버스는 흔한 잡병과는 다르다.

진정한 사지를 넘어선, 진짜 정예다.

싸움을 걸어서는 안 되는 상대였다.

"실례했습니다!"

보초가 스르륵 움츠러들어서는 산 채로 가죽이라도 벗겨지듯 배시에게서 시선을 돌렸다.

비너스는 배시를 돌아보더니 진지한 얼굴로 머리를 숙였다.

"죄송합니다. 칠칠치 못한 모습을 보여서. 그럼 가실까요."

"그래."

그런 대화 후, 건물 안으로 들어갔다.

"……무척 깨끗하군."

건물 안은 밝고, 벽도 바닥도 반짝반짝 윤이 났다.

조금 전까지 있던 왕궁과 비교해도 손색이 없을 정도의, 아니, 그러기는커녕 왕궁보다도 호화로운 자재를 사용하고 공들여서 청소하는 것처럼 보였다.

"식량 분들은 그러는 편이 지내기 편하다고 해서."

"그런가?"

"예. 처음에는 외풍이 심한 폐가였지만, 식량 분들의 요청을 받아들여서."

"흠."

떠오르는 것은 오크 번식장이었다.

휴먼이나 엘프는 육체가 약하기에 어느 정도 부드러운 침상을 준비해두었다.

하지만 밤낮으로 오크들이 몰려드는 그곳은, 청결하다고는 말하기 힘들 것이다.

물론 배시는 안에 들어가서 제대로 본 적이 없으니까 자세히는 모르지만…….

그리고 보니 여행에 나서기 전에는, 번식 노예 사이에서 환자나 사망자가 나오기 시작했다는 이야기를 들은 것 같기도 했다.

"오크도 번식 노예에게 이런 건물을 마련하는 편이 좋겠군."

"오크의 번식 노예는 어떤 느낌인지 모르겠지만, 적어도 이곳의 식량들은 이 건물이 생긴 뒤로 오래 살게 되었어요. 다만 역시나 서큐버스의 '식사'는 체력을 소모하는지, 병에 걸리는 사람이나 죽는 사람은 사라지지 않지만요……."

비너스는 그러면서 계단을 올라갔다.

2층으로 올라가자 그곳은 발코니처럼 되어 있고 시야 아래로는 넓은 방이 보였다.

그 방에는 수많은 서큐버스들이 줄을 서 있었다.

마치 이 나라의 서큐버스 대부분이 이곳에 있는 것 같은 광경이었다.

그녀들 모두 서큐버스답게 얇은 복장으로, 몸의 라인을 또렷하게 알 수 있었다.

가슴이 큰 사람, 엉덩이가 큰 사람, 배시로서는 눈이 호강하는 광경이었지만, 대부분은 비쩍 말라서 눈만이 반짝반짝 빛나고 있었다.

"다들 야위었군."

"식량난이니까요…… 그녀들 중에는 한 달 만에 식사를 하는 사람도 적지 않아요."

"다른 종족의 음식으로는 안 되는가?"

"다소 먹을 수는 있지만, 역시 남성이 제공하는 식사가 없다면 언젠가 죽음을 맞이하겠죠."

비너스는 쓰디쓴 표정으로 그렇게 말하더니 발코니를 벗어나서 3층으로 이어지는 계단을 올라갔다.

몇몇 서큐버스는 배시를 알아차리고 침을 흘렸지만, 배시는 개의치 않고 비너스를 따라가기로 했다.

■

그녀가 안내한 곳은 어느 방이었다.

그곳에는 군복을 입은 서큐버스 하나가 서 있었다.

바닥에 큰 유리가 깔려 있고, 그 가장자리에는 주술적인 문장이 새겨져서 빛을 발하고 있었다.

"비너스 중위다. 조금 전 통지했다시피, 『오크 히어로』배시 님께서 시찰을 오셨다! 너는 그대로 임무를 수행해라."

"예!"

서큐버스는 눈을 동그랗게 뜨고서 배시를 응시했지만 금세 바닥의 유리로 시선을 되돌렸다.

"여기서 '식사' 모습을 볼 수 있어요. 저쪽에서는 안 보이니까 안심하시길."

"어째서 이런걸?"

"식사에서 너무 빨아버리는 사람도 있으니까, 그에 대한 대책이에요."

"자제할 순 없나?"

"본능이니까 본인이 바라지 않더라도 실수로 저지르는 일은, 누구에게나 있을 수 있어요. 누군가 막아줘야만 하죠."

"그렇군."

모든 종족에게 포식 활동이라는 것은 상대의 목숨을 빼앗는 행위에 해당한다.

하지만 서큐버스는 상대를 죽이지 않고 포식하는 것이 가능했다.

마치 휴먼이 가축에게서 젖을 짜내듯, 남자에게서 정력을 짜내는 것이었다.

가축과 다른 점은 지나치게 짜내면 남자가 간단히 죽어버리는 것일까.

전쟁 중과는 달리, 지금은 인간을 간단히 죽여도 되는 시대가
아니다.

추가 가축은 없다. 가축을 죽이면 다음으로 죽는 것은 자신이다.

서큐버스는 세심한 주의를 기울여서 '식량'을 관리하는 것이
리라.

하지만…….

"다행이야. 오늘도 '식량'은 건강해 보이네요."

유리 아래에 있던 것은 휴먼 남성인 듯했다.

당연히 알몸이었다.

'아니, 휴먼……인가?'

하지만 그 모습은 배시가 본 어느 휴먼과도 달랐다.

피부가 하얗지만 않으면 휴먼이라기보다 살찐 오크로 보였을
지도 모른다.

아니, 오크조차 저만큼 살이 찐 자는 없다. 북쪽의 숲에서 나온
다는 마수 트롤에 가까울까.

트롤은 두 발로 서는 생물이지만 몸 대부분이 지방으로 되어 있
고 뭐든지 먹는 탓에 항상 입가가 더러운데다가 오크조차 얼굴을
찌푸릴 정도의 악취를 풍긴다.

방에 있던 휴먼은 그런 생물로 보였다.

"그들에게는 충분한 식사와 수면을 주고 있어요. 덕분에 보시
다시피 둥글둥글 살쪄서 건강해요."

'식량'은 당연하다는 듯이 나른한 느낌으로 무거워 보이는 몸을
흔들며, 방에 설치되어 있는 테이블로 걸어갔다.

그리고 테이블 위에 있는 식량을 게걸스럽게 먹기 시작했다.

전부 먹더니 방 중앙에 있는 침대에 누워서 쿨쿨 잠이 들어버렸다.

벌러덩 드러누운 그 모습은, 배시의 눈에는 기묘하게 비쳤다.

몸은 하얀데 얼굴은 전체적으로 검붉고 눈 아래는 검게 변해 있었다.

지친 듯이 훅훅 숨을 내쉬는 것은, 어쩌면 호흡이 힘든 탓일지도 모른다.

'확실히 건강한, 건가……?'

전쟁 중, 살이 찔 수 있는 자는 건강하게 오래 사는 자가 많았다.

반면에 야윈 자는 오래 살지 못하는 경향이었다.

야위면 금세 병에 걸리고 부상도 잘 낫지 않는다. 체력도 근력도 살찐 자보다 낮아서 전투에서 쉽게 죽는다.

그래서 배시도 '살이 찐 것은 건강의 증거' 정도로 생각했지만…….

아무래도 아래에 있는 남자는 그렇게 보이지는 않았다.

오히려 죽음의 기척조차 보이듯 느껴졌다.

"아, 슬슬 '식사' 시간이네요."

다시 봤더니 방으로 누군가가 들어오는 참이었다.

"……!"

참으로 매력적인 여자였다.

서큐버스답게 피부 노출이 많은 의류에, 구불구불 긴 머리카락.

커다란 가슴에 커다란 엉덩이. 남자라면 누구라도 그녀를 덮쳐서 자신의 자손을 남기고자 할 것이다.

배시는 남자 쪽을 봤다.

여기서부터가 중요하다.

이 남자는 매력적인 이 여자를 어떻게 안을 것인가.

식량이라면 매일처럼 여자를 안는 남자다. 그것도 하루에 몇 명이나. 틀림없이 경험이 풍부할 것이다.

이번에는 그것을 구경하여 참고로 삼는 것이 목적이었다.

"그럼, 실례할게요."

"……어―."

그 '식사'는 불과 몇 분 만에 끝났다.

시체처럼 드러누운 남자에게 서큐버스가 일방적으로 손을 댔다.

남자는 표정조차 바뀌지 않았다.

서큐버스가 옷을 벗는 것을 배시가 잡아먹을 듯이 바라보던 때도, 남자는 서큐버스를 흘끗 쳐다보지도 않고 공허한 눈으로 천장을 볼 뿐.

배시가 '왜 남자는 움직이지 않는 거지?'라고 생각할 틈도 없이, 서큐버스가 담담하게 '작업'을 진행하고, 끝났다.

서큐버스 쪽은 무척 흥분했고 그것을 보는 배시도 무척 흥분했지만 누워 있는 남자 쪽은 그렇지도 않은지, 마지막까지 안색 하나 바뀌지 않고 전혀 움직이지 않았다.

"……남자는, 움직이지 않는군."

"그러네요. 처음에는 협력적으로 해주는 분도 있었지만, 한 달도 안 되어서 다들 저렇게 돼요. 역시나 '먹힌다'는 것은 중노동일 테니까 어쩔 수 없다고 생각해요."

"서큐버스 쪽도 『매료』는 사용하지 않는군."

"? 당연하잖아요? 안 써도 식사를 할 수 있으니까."

"그런가."

"매료를 거는 건 실례되는 행위예요. 저희에게 '식사'를 제공해 주는 '식량' 분들에게 예의에 어긋나는 행위를 하다니, 있을 수 없어요."

비너스는 그렇게 단언하고 유리 아래로 시선을 되돌렸다.

방 안에는 마침 두 번째 서큐버스가 들어와서 '식량'에게 다가가는 참이었다.

배시는 그것을 가만히 보고 있었지만, 역시나 남자는 움직이지 않고 서큐버스가 일방적으로 정력을 빨아서 끝났다.

솔직히 배시로서는 기대에 어긋나는 모습이었다.

하지만 생각해보면 당연한 일이었다.

남자들은 원해서 이곳으로 온 것이 아니다.

오크 번식장에서 오크 자식을 기꺼이 낳고 싶다는 여자는 전무한데, 그것과 마찬가지다.

스스로 적극적으로 서큐버스와 거친 교미를 하려는 자가 있을 리 없는 것이다.

"보시다시피, 식량 분들은 하루하루를 쾌적하게 보내고 있어요. 어떠신가요?"

"어……."

어떠냐고 그래도, 배시로서는 보고 싶은 것을 볼 수가 없었으니 아쉽다는 느낌이었다.

"뭐, 뭔가, 불만스러운 점이라도?!"

"아니, 딱히 없다."

"다, 당연히 앞으로도 저희는 할 수 있는 최선을 다할 생각이에요! 예를 들면…… 응?"

그때 비너스가 미간을 찌푸렸다.

유리 아래, 방 안에서 이변이 일어났다.

두 번째와 교대하듯 들어와서 식사를 하던 서큐버스가 어째선지 허둥지둥 당황한 것이었다.

보아하니 남자는 벌러덩 드러누운 채로 눈을 까뒤집고, 입에서 거품을 뿜으며 경련하고 있었다.

"무슨 일이야?! 너무 빨아들였나?!"

비너스가 곧바로 근처에 있던 서큐버스에게 물었다.

"아뇨, 아직 그녀는 첫 입이에요. '그'의 하루 한도에 다다르진 않았으니까, 무언가 질병일지도…….."

하지만 그 서큐버스도 그저 곤혹스러울 뿐이었다.

"질병일지도, 가 아냐! 따라와!"

"아, 예!"

비너스는 그렇게 말하더니 방에서 뛰쳐나갔다.

배시가 아래층을 보고 있었더니 금세 비너스가 방으로 들어오고, 계속 경련하는 남자에게 무언가 마법을 걸기 시작했다.

아마도 회복 마법 종류일 것이다.

하지만 그것이 이미 늦었다는 것은, 배시로서는 알 수 있었다.

남자는 지금 확실하게 죽어가고 있었다.

다시 생각해보면 남자에게서는 어째선지 죽음의 기척이 느껴졌다.

"어떻게 된 건가요?"

"누군가 독이라도 먹였을지도 모르겠군."

"어―, 확실히 독 때문에 죽는 모습이네요."

오크는 음독으로 죽는 일은 거의 없다.

강력한 위장을 가진 오크는 대부분의 독을 소화할 수 있으니까.

하지만 전쟁 중에 독으로 죽은 적을 본 적은 있었다. 그런 자들은 저렇게 눈을 까뒤집고 경련하며 죽는 것이었다.

"네 가루로 고칠 수 있겠나?"

"그건 모르겠는데, 시험해볼까요! 갈게요!"

"그래."

젤은 그렇게 말하더니 비너스를 좇듯이 아래층으로 내려갔다.

■

결론부터 말하면, 죽어가던 남자는 젤 가루로 일단 목숨을 건졌다.

현재 노예는 시설 안의 의무실에 들어가서 용태를 보는 상황이었다.

배시 일행은 경비 서큐버스의 안내에 따라 다른 방으로 이동했다.

그곳에서 침대처럼 부드러운 소파를 권유받고, 이 시설의 소장이라는 서큐버스가 그들 앞에서 머리를 숙였다.

"부끄러운 모습을 보였습니다. 하지만 안심하시길. '식량' 분들께는 충분한 '사료'를 주고 있으니 두 번 다시 이런 일은 없으리라 단언하겠습니다."

자신을 니온이라고 한 서큐버스는 역시나 배시에게는 자극적이었다.

그녀 역시도 비너스 등등이 입고 있는 것 같은 낙낙한 서큐버스 군복을 입었지만, 놀랍게도 군복 위로도 흉부나 둔부가 규격 밖으로 거대하다는 사실을 깨닫게 만들어버리는 것이었다.

걷는다, 앉는다, 머리를 숙인다. 그런 자잘한 동작만으로도 거대한 질량이 움직인다는 사실을 깨닫게 만들어버리는 것이었다.

다만 이 서큐버스의 이름에 대해서 배시에게는 짚이는 바가 있었다.

『질식의 니온』.

그녀가 발하는 분홍색 농무는 무척 진해서, 너무나도 진한 농도 탓에 상대는 산소 결핍으로 움직임이 둔해진다.

면식은 없었지만 전장에서 단 한 번 본 적이 있었다.

당시의 배시는 아직 유명하지 않아서, "오크 따위가 날 빤히 쳐다보지 말라고"라며 비웃음을 당했다.

물론 니온은 기억하지 못하겠지만…….

그런 인물이 머리를 숙이고 있는 상황은 배시로서도 대응하기 힘들었다.

"나한테 사과해도 말이다."

배시는 그렇게 말했지만 니온은 결코 머리를 들지 않았다.

그저 계속해서 "부디"라든지 "제발"이라고 말할 뿐.

젤만큼은 "그래요!"라든지 "내가 없었다면 어떻게 되었을지!"라며 맞장구를 쳤지만, 배시로서는 어떻게 하면 좋을지 알 수 없었다.

한동안 팔짱을 끼고서 그녀가 머리를 드는 것을 기다렸지만 끝이 나지를 않았기에 시선을 헤맸다.

그러자 옆에 앉아 있던 루도, 루카와 시선이 딱 마주쳤다.

"저기, 배시 씨."

"음?"

"이 사람은 이렇게 말하지만, 좋은 밥을 먹여줄 뿐이라면 이번 같은 일은 또 일어날 거예요."

그러자 니온이 번쩍 고개를 들었다.

그녀의 얼굴에서는 강한 분노와 노여움, 쓸데없는 소리를 하지 말라는 듯이 강한 감정이 엿보였다.

"어, 어라? 도련님은 아마도 배시 님의 제자라고 했는데, 어떻게 말을 해야 하는지는 배우지 않았나?"

"예, 안 배웠어요."

배시도 가르치지 않았다.

"그래—? 그럼 어째서 같은 일이 벌어진다고 생각하는지, 설명해주겠니?"

적당한 발언이었다면 죽이겠다.

눈에 그렇게 적혀 있었다.

전장에서 그녀의 모습을 아는 사람이라면 그 순간에 입을 다물고 말았을 것이다.

다만 루도는 그것을 미처 헤아리지 못했다.

무언가를 떠올리듯이 턱에 손을 대고 중얼중얼 이야기를 시작했다.

"오거의 나라에서도, 비슷한 일이 있었거든요. 전쟁이 끝나고 같은 편끼리 싸우는 것도 아니라며, 전쟁 중에 대단했던 녀석들이 검을 버리고 유유자적한 생활을 시작해서…… 먹고 자고, 여자를 안고, 술을 마시고…… 오거는 데몬이나 서큐버스만큼 냉대당하지 않았고 식량도 곤란하지 않았으니까, 그러면서도 살 수 있었거든요."

"흐─응? 부러운 이야기네? 나도 그런 삶을 살아보고 싶어."

"그랬더니, 2년 정도 지났을 무렵일까? 축제에서 술을 마시다가 한 사람이 쓰러지고, 그대로 죽었어요. 나, 근처에 있었으니까 알았지만, 시체가 꺼림칙해서…… 익사체처럼 퉁퉁 불어서 누군가에게 저주를 받았을지도 모른다며 화제가 됐어요. 그리고 자세히 보니 장군 중에 몇 명인가도 비슷한 외모라서, 이야기를 들어봤더니 쉽게 지친다든지 금세 잠이 든다든지 무릎이 아프다든지 그래서, 역시나 저주가 아니냐고."

"……하수인은 찾았어?"

니온은 어느샌가 소파에 앉아서 팔꿈치를 팔걸이에 얹고, 살짝 나른하게 섹시한 자세를 취하며 침착한 눈빛으로 루도를 보고 있었다.

조금 전보다도 살기가 짙어져서, 제아무리 루도라도 그것을 깨달았는지 그녀에게서 시선을 피했다.

어쩌면 테이블에 얹은 커다란 질량으로 시선이 빨려 들어서 그럴지도 모르겠지만.

"아, 아뇨…… 결국은 그저 수행 부족이 원인이라는 결론이 나와서, 족장님이 『느슨해졌다!』라며 호통을 치셔서…… 그다음은 잘…….'

"흥."

니온이 코웃음을 치자 주위에 옅지만 달콤한 향기가 새어 나왔다.

배시와 루도가 동시에 무릎을 비벼댔다.

"수행을 좀 한 것만으로 병이 나을 리가 없잖아? 정말이지, 오거는 뇌까지 근육이라 곤란하네."

"하, 하지만 우리가 나라를 나올 때까지, 같은 방식으로 죽는 녀석은 없었어요."

"그러면 죽은 녀석이 단순히 병에 걸렸을 뿐이겠지?"

니온은 한숨을 내쉬며 다리를 꼬고, 팔꿈치를 무릎에 얹고서 이마에 손을 댔다.

꼰 다리 틈새로 엿보이는 심연이 배시와 루도의 시선을 빨아들였다.

그때 니온의 시선이 돌아왔다.

배시 쪽으로 말이다.

니온은 몇 초 정도 정지한 뒤, 또다시 척 소리가 날 기세로 자세를 바로잡았다.

"실례했습니다. 애송이가 입을 놀리니 그만……."

"상관없다. 네가 애송이한테 얕보일 법한 전사가 아니라는 건 나도 잘 알고 있어."

"어, 아, 그런가요…… 그렇게 생각해주시는 건, 그게, 영광이에요."

"하지만 네 태도를 보아하니 저렇게 죽는 건, 지금 그게 처음이 아니로군?"

"…………예."

니온은 그렇게 말하더니 체념한 듯 이야기해 주었다.

첫 1년은 '식량'을 어떻게 취급할지 몰라서, 지나치게 빨아들이거나 영양 부족으로 죽게 만들어 버렸다는 것.

그 후로 2년에 걸쳐 '사료'의 안정된 보급이나 쾌적한 환경 만들기에 애썼다는 것.

그런 보람이 있었는지 '식량'들은 통통하게 살찌고 불만을 쏟아내지도 않게 되어 하루의 담당 인원도 증가했다.

하지만 올해가 되어 일부 '식량'의 안색이 나빠진 것을 깨달았다고 한다.

서큐버스들은 연일 이어지는 '식사'가 '식량'의 체력을 빼앗았다는 생각에, 가능한 '식량'들이 움직이지 않도록 '식사'를 마치는 등등 궁리를 했지만, 효과는 없었다.

'식량'들의 안색은 그저 나빠지기만 하고, 이번 같은 돌연사도 드문드문 나오기 시작했다는 것이다.

마치 역병이 도는 최전선 같은 모습이지만 그렇다고 서큐버스들에게 전염되는 것도 아니고, '식사'를 쉬려고 해도 이미 하루의 담당 인원은 국민이 아슬아슬하게 아사하지는 않을 정도까지 줄어들었다.

이 이상 손쓸 방법은 없어서 그저 곤란하던 참이었다고 한다.

"적어도 '식량'이 추가된다면, 지금 분들도 충분한 휴식을 취할 수 있다고 생각하지만……."

배시를 흘끗 보며 넌지시 '증원이 있다면 현재 상황을 타파할 수 있다'라고 전했다.

하지만 물론 배시에게 그 의도가 전해질 리도 없었다.

"증원을 기대할 수 없다면, 지금 있는 전력으로 어떻게든 할 수밖에 없겠지."

"……그렇겠죠."

"오크는 병에 걸리지 않는다. 질병에 대해선 모르지. 하지만 오거가 그렇게 나았다면, 시험해보는 것도 괜찮지 않겠나?"

"그런, 가요……? 하지만 저주였을 경우에는 효과가 없지 않을까요?"

"으음……."

그때 테이블 위에 우뚝 서서 맞장구만 치던 젤이 배시를 돌아봤다.

"아니, 제 가루는 저주 쪽에는 효과가 없으니까요. 나은 시점에서 부상이나 질병이에요."

그렇다면 무엇인가.

그 자리에 있는 모두가 고개를 갸웃거리던 참에, 누군가 문을 두드렸다.

들어온 것은 경비원들과 함께 시설을 둘러본 비너스였다.

"니온 시설장님, 현재 몸이 안 좋은 아이들…… 어흠, 몸이 안 좋은 몇 명에게 요정의 가루를 살포, 혹은 복용시켰더니 모든 사람에게서 극적인 개선을 볼 수 있었어요."

"자세하게 이야기해줘."

"예, 우선 안색이 좋아지거나 온몸의 권태감, 무릎이나 허리 등 관절의 통증이 사라지고, 시야가 또렷해졌다고. 다들 『옛날로 돌아간 것 같다』라고 말했습니다. 그중에는 건강해졌으니까 당장에라도 '식사'에 협력하고 싶다는 사람도 있었습니다."

"그래, 그래서?"

"저와 다른 직원이 시식해봤더니, 마치 시설에 막 도착했을 무렵처럼 건강해졌습니다."

봤더니 비너스의 얼굴은 무척 반들반들했다.

아무래도 대접을 받았을 것이다.

"……그렇군, 하지만 질병이 요정의 가루로 치료되었을 뿐이라면 재발할 수도 있어."

니온은 복잡한 표정을 지었지만 이윽고 뜻을 다진 듯 끄덕였다.

"효과가 있을 것 같지는 않지만 원인을 모르는 이상, 오거의 방책을 시험해보는 것도 일고의 가치가 있을까……."

고육지책임을 알면서도 달리 방안이 없는 이상, 우선은 시험해

볼 수밖에 없다.

니온은 그런 생각에 배시 쪽으로 고개를 돌렸다.

"배시 님, 조금 더 이곳에 머무르며 결과를 지켜봐 주신다면 좋겠어요."

"아니, 역시 나는 이 나라를 나가……."

배시로서는 솔직히 바로 출발하고 싶은 참이었다.

목적한 것을 볼 수 없다고 판명되었으니 이곳에 있을 이유가 없었다.

"세상에! 반드시 결과를 낼 테니까요! 부디 부탁드릴게요! 조금만 더 기회를!"

"……그래, 알았다."

하지만 거대한 가슴 계속을 꾹 들이밀며 설득하니 도저히 거절할 방도가 없는 것이었다.

7. 서큐버스 부트 캠프

『수완가 로웨인』.

그는 일찍이 휴먼 병사였다.

농촌 출신으로, 그 이명에 걸맞게 이상할 만큼 요령이 좋은 남자였다.

전쟁 중에는 공작 부대에 소속되어, 탈출로 폭파나 설치된 함정 해제를 시작으로 야영지 설치부터 길이나 다리 건설까지, 뒤에서 온갖 작전에 종사했다. 전투에 참가한 적은 있지만 뒤쪽에 있기도 해서 적장의 수급을 거두는 일은 없었다.

그래서 그런지 전공에 따라 받을 수 있을 터인 포상금은 쥐꼬리만 했다.

태어난 고향 마을은 진즉에 폐허. 요령은 좋았지만 그다지 예의가 바른 것도 아니고 금세 상사와 충돌하기도 해서 그런지, 일도 곤란했다.

병사였던 휴먼의 전후 상황으로서는 그다지 드문 일도 아니었다.

어떤 이는 어떻게든 일을 찾아서 입에 풀칠을 하고, 어떤 이는 나라를 나와 다른 나라에서 일을 찾았지만, 그러지 않은 이들은 범죄에 손을 물들이게 되었다.

먹을 것이 곤란해서 범죄에 손을 물들일 수밖에 없었다, 그렇게 말해야 할까.

로웨인은 좀도둑이 되었다.

돈이 있을 법한 집에 들어가서, 값어치 있는 것을 훔쳐서는 파는 도둑이.

뭐, 전후에 대량으로 출현한 범죄자 중에서도 그럭저럭 버는 부류였을 것이다.

운이 나빴던 것은, 어느 날 들어간 집이 높으신 분 애첩의 집이었다는 것일까.

게다가 높으신 분은 애첩과 한창 그런 일 중.

높으신 분의 호위는 명성 있는 기사라서 로웨인은 간단히 붙잡혔다.

본래라면 도둑질하다가 붙잡힌 정도로는 감옥에 몇 개월 갇힐 뿐이었다.

그동안에는 적어도 식사와 침상 걱정은 안 해도 된다.

감옥은 로웨인 같은 이들에게 최후의 피난 장소인 것이다.

하지만 보아서는 안 될 것을 보고만 로웨인은, 아니었다.

이미 정해진 재판 끝에, 사형이 내려졌다.

운이 좋았던 것은 현재의 사형법이 『서큐버스 나라 행』이었다는 것이리라.

서큐버스의 나라로 보내져서, 그곳에서 '식량'이 되는 것이었다.

당시의 로웨인은 절망했다.

전장에서 서큐버스에게 붙잡힌 남자의 이야기를 들었으니까. 그는 서큐버스로부터 빼앗은 요새를 재건하던 때에 시체도 본 적이 있었다. 지하 감옥에 난잡하게 쌓여 있던 그것은, 처음에는 시체인지도 알 수 없었다.

돼지고기 같은 무언가를 말린 것처럼 보였다.

그것이 미라처럼 말라붙은 인간의 모습임을 깨달았을 때, 서큐버스의 용모와의 차이도 어우러져서, 서큐버스가 죽을 만큼 무서운 존재로 여겨졌다.

자신은 그 말린 고기처럼 죽는다.

그렇게 생각하니 눈앞이 캄캄해졌다.

실제로 서큐버스의 나라에 '식량'으로 보내지고 몇 개월은 죽는다고 생각했다.

매일 서큐버스 몇 명이 로웨인을 짓누르고, 붉은 눈동자를 번쩍번쩍 빛내며 달콤한 말을 속삭이고, 차례차례 짜내었던 것이다.

확실히 미쳐버릴 것만 같은 쾌락은 있었다.

하지만 그곳은 틀림없는 지옥이었다.

조만간에 반드시 죽는다 생각했고, 실제로 로웨인과 같은 시기에 보내진 '식량' 중 몇몇은 반년도 안 되어 죽었다.

하지만 어느 순간부터 천국이 되었다.

방은 왕후귀족이라도 사는 곳처럼 넓은 공간이 되고, 돌이 훤히 드러나 있던 바닥은 몸이 푹 가라앉을 것만 같은 융단으로 바뀌고, 조악한 삼베만 깔려 있던 침상은 푹신푹신한 침대로, 방에는 비싸 보이는 테이블과 의자까지 갖추어지고, 테이블에는 끝이 없을 정도의 식사가 놓였다.

식사는 호화로우면서 얼마든지 먹을 수 있었다.

맛 자체는 조금 지나치게 진한 느낌이었지만, 변변히 먹지도 못했던 이제까지와 비교하면 불평 따위가 나올 리도 없었다.

서큐버스의 '식사'도, 한 번에 오는 서큐버스는 하나가 되고『매료』도 걸지 않게 되었다.

제정신을 유지한 채, 서큐버스를 마음껏 넘어뜨려도 되는 것이었다. 다름 아닌 서큐버스를 말이다. 상대인 서큐버스는 몹시 사무적인 대응이었지만, 당시에는 그런 상황에 무척 흥분하기도 했다.

그리하여 3년. 먹고 자고, 일정 간격으로 오는 서큐버스에게 몸을 내어준다.

처음에야 좋았던 그 생활도 계속 이어지니 점점 질렸다. 조금 더 말하자면, 몸은 엄청 살찌고 건강도 계속해서 무척 나빠졌다.

살이 찌고, 매일 사무적으로 짜인다.

마치 가축 같았다. 아니, 가축 그 자체였다.

무겁고 둔해진 몸을 끌어안고 표현할 수 없는 건강 이상에 시달리던 때는, 그러고 보니 이것은『사형』이었음을 떠올렸다.

자신은 이제 인간이 아닌 것이다.

서큐버스의 '식사' 도중에 갑자기 가슴이 괴로워졌을 때는, 그 순간이 왔다고 생각했다.

하지만, 살아남았다.

정신이 들자 자신에게 주어진 침대보다도 무척 조악한 침대 위였고, 서큐버스 몇 명과 페어리가 날아다니고 있었다.

아무래도 페어리가 요정의 가루를 써서 자신을 살려준 모양이었다.

페어리나 서큐버스의 이야기는 종잡을 수 없었지만 아무래도 지금 이 나라에『오크 히어로』가 와 있다는데, 그의 한마디에 자신이 살아났다는 것은 알 수 있었다.

『오크 히어로』배시. 그 모습을 본 것은, 단 한 번.

잊을 수도 없는, 레미엄 고지에서의 결전 때였다.

로웨인은 휴먼 진지에 있었다.

그곳에서 본 적은, 거대한 드래곤과 싸우는 오크 하나의 모습이었다.

그 자리에 있던 모두가 인지를 뛰어넘는 그 싸움을 보았고, 입을 떡 벌리고 있었다.

오크가 드래곤을 쓰러뜨렸을 때에는 가슴속 깊은 곳에서 표현할 수 없는 흥분을 느꼈던 것이다.

터무니없는 모습을 보고 말았다며.

적이 이겼음에도 불구하고 그렇게 생각했던 것이다.

그런 오크가 서큐버스의 나라에 왔고, 게다가 서큐버스가 공손하게 받들고 있다.

저 서큐버스가, 남자를 상대로 덮치지도 유혹하지도 않고, 그저 받드는 것이다.

게다가 서큐버스의 '식량' 따위를, 귀중한 요정의 가루를 사용하면서까지 살려주었다.

바보에 냄새나는 오크라도『영웅』정도 되면 다르구나, 생각했다.

그런 일이 있고, 다음 날.

로웨인과 다른 '식량'들은 3년 만에 밖으로 끌려 나왔다.

오랜만에 햇빛을 받은 로웨인은 그날 오랜만에 다른 '식량'을 보았다.

자신과 마찬가지로 뚱뚱하게 살찌고 건강이 나빠 보이는 얼굴의 그들은, 태양을 눈부신 듯 바라보고 있었다.

자신 하나라면 모를까 어째서 이렇게나 많이, 그런 의문이 들었지만 아무래도 아무도 그 이유를 모르는 것 같았다.

다만 그들이 끌려나온 장소에서는, 이 또한 지옥 같은 광경이 되풀이되고 있었다.

"허억…… 허억…… 우웩…… 콜록, 콜록……."

오거 소년이 오크에게 그저 걷어차이고, 이리저리 도망치고 있는 것이었다.

소년이 무엇을 저질렀는지 모르겠지만, 오크를 어지간히 화나게 만든 것은 틀림없었다.

소년의 표정에 들러붙어 있던 것은 죽음에 대한 공포였다.

"이봐, 저거『오크 히어로』야."

누군가가 말을 꺼냈기에, 소년을 쫓아다니는 오크의 정체를 알 수 있었다.

확실히 그랬다. 그렇다고 할까, 이런 곳에 있는 오크는 달리 없다.

그렇게 생각한 순간, 루웨인의 뇌리에 과거 싸움의 기억이 되살아나고 등줄기에 지네라도 기어 다니는 것 같은 오한을 느꼈다.

터무니없는 괴물이 있었다.

그것도 어째선지 마구 화내며 소년을 걷어차고 있었다.

"혹시 우리……."

그것은 모두가 어렴풋이 생각하던 것이었다.

최근에 자신들은 과거와 비교해서 체력이 떨어졌다.

'식사'도 횟수를 소화하지 못하게 되고, 어쩐지 불만스러워 하는 서큐버스도 늘어났다.

어제는 요정의 가루 덕분에 일시적으로 기운을 되찾았지만 그것은 일시적인 일이리라.

농가에서 젖을 짤 수 없게 된 소를 어떻게 하는가.

대답은 명백했다.

다만 서큐버스는 고기를 먹지 않는다. 하지만 소문에 따르면 오크는 인육을 먹는다나.

납득이 갔다.

아아, 그러니까 우리를 살찌운 것인가.

"여러분께서는 이제부터 광장을 몇 바퀴 도실 테니까, 따라오세요."

'식량'들을 광장으로 데려온 서큐버스는 그렇게 선언했다.

무척 미안하다는 목소리였다.

그래서 확신했다. 틀림없이 이것은 테스트라고. 여기서 따라가지 못한다면 늙은 가축으로 처분당하는 것이라고. 그리고 육포 같은 모양새가 되어 오크에게 먹히는 것이다.

싫었다.

죽고 싶지 않았다.

"무리하진 않아도 되니까요. 자, 갈까요—."

로웨인은 전력으로 달렸다.

몸은 무겁고, 무릎은 삐걱삐걱하고, 폐는 단숨에 비명을 질렀다.

그래도 어제 먹은 요정의 가루 덕분인지 어떻게든 달릴 수 있었다.

그리고 그런 로웨인에게 촉발되었는지, 혹은 로웨인과 같은 결론에 다다랐는지, 그와 마찬가지로 필사적으로 달리기 시작한 사람이 있었다.

한 사람이 달려나가면 두 사람이, 두 사람이 달려나가면 네 사람이.

누군가가 '그러지 않는다면 위험하다'라고 탐지한 결과, 모두가 전력으로 달리기 시작한 것이었다.

오거 소년이 어째서 쫓기고 있느냐는 점에 대해서 깊이 생각하는 사람은 없었다.

그저 오거 소년의 필사적인 모습은, 3년 동안 계속 권태롭게 지내던 사람들에게 위기감과 공포심을 떠올리도록 만들기에 충분했다.

달리지 않는 사람은 없었다.

모두가 열심히 다리를 움직였다.

쓰러지면 "나는 아직 할 수 있어! 아직 달릴 수 있다고!"라며 외쳐서 무거운 몸에 채찍질을 하여 일어서고, 일어서지 못하는 사람은 기어서라도 계속 움직였다.

자신들은 먹고 자고, 여자를 안고, 그런 매일을 보내고 있다.

귀족 같은 생활이다. 행복했다. 남자의 몸으로 태어난 것을 진심으로 감사했다. 여자로 태어났다면 오크의 번식 노예가 되었을 테니까.

하지만 가축은 가축이다.

필요 없다면 처분당한다.

죽고 싶은 사람 따위는 없다. 그 전쟁에서 살아남았으니까 더욱 오래 살고 싶다.

가능한 한 오래…….

그런 본능에 내몰리며 남자들은 계속 달리는 것이었다.

■

"'식량' 여러분, 무척 기뻐했습니다! 오늘은 시험 삼아서 조금 달릴 생각이었는데, 다들 더더욱 달리고 싶다며 그래서! 훈련이 끝난 뒤에도 평소보다 안색이 좋아진 것처럼 느꼈습니다. 다들 어쩐지 달성감이 있는, 만족스러운 얼굴이라."

"흐응, 질병 재발 방지에 어느 정도 효과가 있을까 싶었는데…… 기뻐한다면 정기적으로 계속해도 되겠네~."

"다만 훈련에 나서는 시간만큼 '식사' 횟수가 줄어드니까, 불만도 나올 것 같습니다만."

"이대로는 더더욱 줄어버릴 테니까, 참아달라고 할 수밖에 없겠지……."

부하 니온의 보고를 듣고 컬리케일은 그렇게 읊조렸다.

여하튼 숫자가 한정된 소중한 식량이다.

부상이라도 당한다면 곤란하지만, 기분이 좋다면 손해 볼 일은 없었다.

"같은 장소에서 배시 님이 제자님에게 훈련을 하고 있었는데, 그걸 보고 분발하는 분도 있었죠. 체력적으로 이미 한계임에도 불구하고, 자신은 아직 할 수 있다며 어필했습니다."

"배시 님은 전쟁의 영웅이신걸. 네 종족 동맹의 병사들이라도, 훈련에서 좋은 모습을 보여주길 원하는 건 당연하겠지…… 그래서, 배시 님은 제자 분한테 어떤 훈련을?"

"여왕님께서도 신경이 쓰이시는군요?"

"당연하잖아? 나도 받아보고 싶을 정도인걸."

컬리케일은 쿡쿡 요염하게 웃고 니온은 어깨를 으쓱였다.

"제가 보기에는, 기술적인 것보다는 체력과 근성을 붙이는 훈련을 하시더군요. 구체적으로는, 쓰러질 때까지 걷어차서 계속 뛰도록 했습니다."

"무척 실전적인데?"

"그렇군요. 전장에서는 뛸 수 없는 사람부터 죽으니까……."

"리나 사막이 떠오르네. 그건 정말 그런 전장이었지. 마법도 무술도 관계없이, 그저 체력이 있고 마음이 강한 사람이 살아남은……."

"저는 리나 사막의 철수전에는 참가하지 않았습니다만 '식량'의 교관을 지원한 자는 리나 사막의 생환자로, 당시에 그에게 걷어차이고 뛰라는 명령을 받은 게 떠올라서 침을 흘려버린 모양이더군요."

"배시 님을 식량으로 보다니 몹쓸 아이구나. 하지만 벌은 됐어.

나도 그 자리에 있었다면 그렇게 되었을 테니."

"관대한 말씀이십니다."

그러면서도 벌을 주자고 말을 꺼내지 않은 것은, 니온 역시도 배시의 색향을 알기 때문이었다.

응접실에서 한 번 만났을 뿐이지만, 니온에게는 온몸이 울끈불끈 소리를 내는 것처럼 보였다. 두꺼운 가슴팍은 뛰어들라 그러는 것만 같고, 사타구니를 벌리고서 앉는 자세는 완전히 유혹한다고 느낄 정도였다.

머리를 숙이지 않았다면 의식이 날아가 버렸을지도 모른다.

"여하튼 배시 님이 이대로 계속 서큐버스의 나라에 머무르는 건 좋지 않겠군요. 누군가가 더는 못 참게 되겠죠."

"그러네. 나로서는 영원히 있으면 좋겠지만……."

"여왕께서 스스로 서큐버스의 긍지를 땅에 떨어뜨리려 하시진 않으시길."

두 사람은 무어라 말할 수 없는 쓴웃음을 짓고, 시선을 나누었다.

그때 문득 니온은 창밖을 봤다.

어두운 하늘에는 별 하나 보이지 않았다.

"아."

그때 컬리케일은 한 가지 사실에 생각이 미쳤다.

"식량 분들이 훈련하고 배시 님과 제자 분도 훈련을 하는데, 우리 서큐버스가 보고만 있어서야 배시 님한테 게으르다고 여겨지지 않을까?"

"그건…… 확실히…… 군사 연습이라도 합니까?"

"그랬다가는 서큐버스가 전쟁 준비를 한다, 같은 식으로 받아들여질 수도 있어. 우선은 그들과 마찬가지로 조금 달리는 것뿐이야."

"여왕님만 달리실 수야 없죠. 함께하겠습니다. 그리고 지원자도 몇 명 모으죠."

"후후, 부탁할게."

이리하여 컬리케일의 조깅이 결정되었다.

"누구 없느냐."

니온은 자기 사무실로 돌아와서는 부하를 불렀다.

"내일, 여왕님께서 배시의 훈련에 맞추어 조깅을 하신다. 당연히 우리도 달려야겠지. 그 밖에 지원자도 모으자."

"예."

그런 짧은 대화로, 부하는 수긍하고 방을 나섰다.

니온은 그것을 보고 안심했다며 의자에 고쳐 앉았다.

이것이 불행의 시작이었다.

■

다음 날, 배시는 멋진 광경을 보고 있었다.

여자다.

눈앞의 광장을, 여자가 무리를 지어서 달리는 것이었다.

다만 서큐버스이지만, 어쨌든 여자다.

선두에 있는 것은 서큐버스 중의 서큐버스, 서큐버스 퀸 컬리 케일.

그녀를 따르듯이 백 명 가까운 서큐버스가 달리고 있었다.

그저 달리는 것뿐이라면 배시도 그것을 멋있다고 생각하지는 않았을 것이다.

서큐버스는 민족의상으로 피부가 노출된 옷을 입고 있었다.

가죽으로 몸에 딱 달라붙는, 운동하기 편해 보이는 복장이었다.

그래서 달리자 흔들리는 곳이 있었다.

크게 흔들리는 것은 주로 두 곳으로, 한쪽은 머리카락, 그리고 다른 한쪽은 굳이 말할 것까지야.

배시가 손에 넣고 싶어서 참을 수가 없는 곳이었다.

그런 것이 눈앞에서 출렁출렁 흔들리며 차례차례 지나갔다.

그렇다, 하나만이 아니었다. 다양한 크기, 형태의 그것이 각양각색으로 흔들리며 지나가는 것이었다.

이 어찌나 훌륭한 풍경일까. 무심코 루도를 차는 다리가 멈출 만큼, 배시는 감동을 느끼고 있었다.

그러나 서큐버스 집단이 후방으로 가며 배시의 표정이 굳어졌다.

최후미 집단은 젊은 서큐버스들이었다.

깡마른 몸을 질질 끌듯이 앞으로 나가고, 새파란 얼굴로 뭍에 올라온 물고기처럼 입을 뻐끔거리고, 살기 어린 눈으로 전방을 노려보며, 어떻게든 여왕 일행을 따르고 있었다.

그런 그녀들은 배시 앞을 지날 때에만, 시선이 배시와 루도 쪽으로 향했다.

번들거리는 눈빛은 배시의 사타구니에 못 박히고, 입가는 미소로 일그러지고, 혀는 메마른 입술을 크게 핥았다.

배시조차 무심코 신변의 위험을 느끼고 말 정도의 욕망을 느낀 순간이었다.

통과하고서도 얼굴만큼은 배시 쪽으로 향한 채, 목이 돌아가는 한계까지 배시를 시선에 넣으며 달리고, 끝까지 통과하면 아쉽다는 듯 앞을 봤다.

그런 여왕의 이상한 조깅은 광장을 가볍게 50바퀴 정도 돈 뒤, 끝이 났다.

여왕과 측근들은 수건을 한 손에 들고서 "땀 잘 흘렸다" 같은 말을 하며, 왕궁 쪽으로 돌아갔다.

그 밖에도 삼삼오오, 자신의 자리로 돌아간다.

최후미의 서큐버스들만이 광장에 남겨졌다.

당장에라도 죽을 것 같은 몸을 땅바닥에 누이고 히익히익, 다 죽어가는 호흡.

그녀들 모두가 번들거리는 눈빛이었다.

어디를 보고 있는지는 저마다 달랐다. 하늘을 보는 자, 땅을 보는 자, 여왕이 떠난 쪽을 보는 자, 건물을 보는 자…… 하지만 모두가 같은 눈빛이었다.

그녀들은 이윽고 천천히 일어나서 짠 것처럼 배시 쪽을 보고 천천히 다가오려 했다.

하지만 곧바로 비너스가 막아섰다.

비너스가 그녀들을 흘끗 노려보자 젊은 서큐버스들은 작게 혀를 차는 것과 동시에 배시에게서 등을 돌려 광장을 뒤로했다.

비너스는 그것을 지켜본 뒤, 배시를 돌아봤다.

"어떠셨을까요?"

그런 소리를 해도 배시로서는 "대체 무슨 일이었지?"라는 느낌이지만, 하지만 눈보신이었던 것은 사실이었다.

"음. 나쁘지 않아."

그 말에 비너스는 여왕의 의도가 통했다는 생각에, 싱긋 웃으며 끄덕이는 것이었다.

■

오랜만에 시원하게 땀을 흘리고 배시에게 어필도 성공한 컬리케일은, 왕궁으로 돌아왔다.

작전 하나가 성공해서 기분도 누그러졌다.

이제 좋은 풍경이라도 보면 마음도 풀리겠지만 창밖은 여전히 먹구름. 결계 밖에서는 호우가 쏟아지고 있을 것이다.

니온은 창가에 선 여왕 옆에 섰다.

그 눈에 비치는 것은 여왕과 마찬가지, 먹구름 낀 하늘이었다.

"여왕님."

"뭐야?"

"제 부하도 이 비가 그치지 않는 것에 불안을 느끼고 있습니다."

"그러게…… 알고 있어……."

"제게도, 이야기할 수 없는 일입니까?"

니온과 컬리케일은 거의 동기다.

컬리케일이 아직 퀸이라 불리지 않던 시절부터 전장에서 함께한 전우이기도 했다.

컬리케일이 가장 신뢰하는 서큐버스 중 하나라고 해도 과언이 아닐 것이다.

"아니, 정말로 원인을 알 수가 없는걸. 다만……."

"다만?"

"관계가 있는지는 모르겠지만, 성역의 수호대와 연락이 안 돼."

"……정찰은?"

"당연히 혹시 몰라서 일개 소대를 보냈지만…… 돌아오질 않아. 아마도 전멸했겠지."

"소대가 전멸?! 설마 캐럿의 소행입니까?"

"아니. 마음이 흐트러졌다고는 해도 그 아이가 성역에 손을 댈 리가 없어. 성역이 서큐버스에게 중요한 곳이라는 걸 누구보다도 잘 알 테니까."

"그럼, 누가?"

"하수인의 정체는 불명이지만, 지금 이 나라가 공격을 받고 있는 건 틀림없어."

컬리케일의 말에는 얼어붙을 것 같은 냉기와 살기가 어려 있었다.

니온은 그 목소리에 그리움을 느끼며 태연하게 대응했다.

익숙한 것이었다.

"폐하, 혹시 걱정되신다면 제가 갈까요? 성역의 수비대를 물리칠 수 있을 정도의 적이라면 상응하는 실력자가 필요하겠죠?"

"'식당' 쪽은 괜찮겠어?"

"그쪽은 부하에게도 맡길 수 있으니까요."

"니온…… 그러네, 그렇게 말해준다면 네게 '토벌대'를 맡겨도 될까?"

"분부를 받들겠습니다."

결계가 수호하는 왕궁에 소리는 없다.

조용한 밤이었다.

ORC HERO
STORY
오크영웅이야기
촌 탁 열 전

8. 빗속의 여전사

그 장소는 숲속 깊은 곳이었다.

서큐버스의 수도에서 약 반나절.

교묘하게, 그러면서 다중으로 친 결계는 숲속에서 방향을 잃게 만들어 대부분의 존재는 결코 그 장소에 다다를 수는 없었다.

그저 헤매는 것은 아니다. 사람은 반드시 수도 쪽으로 이끌린다.

그렇기에 전쟁이 끝나고서도 서큐버스는 그 장소를 다른 종족에게 들키지 않았다.

뭐, 알았다고 해봐야 다른 종족도 딱히 무언가를 하는 것도 아닐 테지만.

서큐버스들은 그 장소를 『성역』이라 부르고 있었다.

비스트족처럼 주위에 마을을 만들고 모시는 것은 아니었다.

그저 다중으로 친 결계로 숨겨서 지키고 있었다.

다른 종족들은 그곳에 서큐서브의 성역이 있다는 것은 물론, 결계를 쳤다는 사실조차 모를 것이다.

어쩌면 젊은 서큐버스 중에도 성역의 존재조차 모르는 자는 있을지도 모른다.

하지만 그곳에는 분명히 서큐버스가 오랜 세월을 지키며 믿은 무언가가 있었다.

그런 장소에, 한 여자가 있었다.

"이 자식……."

성역은 지금 역시도 조용히 그곳에 존재하고 있었다.

하지만 지면은 피로 젖고, 결계는 최후의 하나를 제외하고는 모두 빛을 잃었다.

그리고 서큐버스 몇 명이 시체가 되어 쓰러져 있었다.

"누구냐……?"

쓰러진 서큐버스는 모두가 이름 알려진 전사였다.

평화로워진 세상에서 자유보다도 나라에 종사하기를 선택한 이들이었다.

그런 서큐버스들이 무참하게도 쓰러져 있었다.

최후에 남은 서큐버스는 성역 앞에 있는 최후의 결계── 물리적으로 침입을 막는 종류의 결계 안에서, 그 짓을 저지른 자를 노려보고 있었다.

그것은 여자였다.

아마도 휴먼이겠지만 꺼림칙한 모습이었다. 얼굴 8할은 가려서 눈가만이 엿보였다. 서 있는 모습은 여유롭지만 어딘가 틈이 없었다.

그녀는 서큐버스의 물음에 가벼운 말투로 대답했다.

"대답할 이유는 없지만, 너희 헌신에 머리가 숙여지니 가르쳐주지. ……그래 봐야 나는 이미 이름을 버려서 말이야. 과거의 이름을 댈 생각은 없으니까, 그건 좀 봐줘. 그저 목적만을 이야기한다면, 너희 성역에서 힘을 얻고, 그것으로 복수 같은 걸 하고 싶을 뿐이야."

"힘……?"

"모르는 건가? 아니, 이러는 나도 최근까지는 몰랐지만, 이 대륙 각지에는 힘이 모이는 장소가 있어서, 그 힘을 모으면 기적을 일으킬 수 있다더군. 기적이라니 애매하지만 뭐, 무슨 일이든 할 수 있다는 모양이야. 예를 들면."

여자의 여유로운 말투가, 살짝 톤을 낮추었다.

"죽은 자를 되살린다든지."

그 말에 서큐버스 전사 중에 가장 강한 자가 몸을 떨었다.

"게디구즈를 부활시킬 생각이군?"

"통찰력이 괜찮네. 그래, 맞아."

"너는 휴먼이지? 어째서 그런 짓을 하는 거야? 지금은 휴먼의 천하잖아? 엘프도 드워프도, 휴먼에게는 머리를 못 들어. 그런데 왜?"

"복수라고 했잖아? 나는 휴먼이지만, 휴먼 쪽의 인간이 아니란 거야."

"너 정도의 검사가……? 전장에서는 틀림없이 막대한 전공을 올렸을 텐데?"

"그래, 정말 이상한 이야기지. 휴먼은 바보거든."

한숨과 함께 어깨를 으쓱이고 여전사는 고개를 가로저었다.

"자, 쓸데없는 이야기는 이만 끝내지. 서큐버스 전사."

"……."

"보통은 여기서 결계를 푼다면 목숨만은 살려주겠다고 말할 참이지만, 이래 보여도 서큐버스는 좋아하거든. 긍지를 훼손하는 짓은 안 할게. 너희 긍지를 지킬 수 있도록 전사로서 제대로 몰살 시켜줄게."

"이 행위 그 자체가 긍지를 훼손한다고 생각하진 않는구나?"

"생각 안 해. 오히려 내 소망이 성취된다면 너희는 긍지를 되찾을 수 있어. 자, 덤벼."

그 말에 서큐버스는 응했다.

주먹을 앞으로 내지르고, 붉은 눈동자를 번쩍번쩍, 주위에 어리는 것은 분홍색 농무.

여자에게 통하지 않는다는 것을 알면서도 전의를 고양시켜 안개를 만들었다.

"……나는 서큐버스 여왕국 제2대대 부총지휘관. 『질식』의 니온."

"정말로 미안하지만, 댇 이름은 없어."

여자는 검을 들었다.

일단 들기는 했다는 것만 같은 그 자세는 니온의 신경을 거슬렸다.

하지만 역량 차이를 생각한다면 그것도 어쩔 수 없는 일일지도 모른다.

니온은 이기지 못한다는 것을 알고 있었다. 여자는 무척 강했다. 니온이 모은 정예가 상처 하나 입히지 못했다.

"그럼, 작별이야."

니온의 시야가 한 줄기 빛을 보았다.

참격의 궤도는 전혀 보이지 않고 그저 열기만을 목에 느꼈다.

"……윽. 컬리, 미안해…… 니오, 폐하를…….

죽음을 확인한 니온의 뇌리에 있던 것은 경애하는 여왕과 그녀의 측근으로 일하는 동생의 모습이었다.

니온의 시야는 어둠으로 떨어지고, 그녀는 서큐버스로서의 긴 인생을 마쳤다.

"……후—."

시체의 산 가운데에서 여자가 숨을 내쉬며 머리카락을 쓸어 올렸다.

붙잡은 검에 묻은 피는 쏟아지는 비에 금세 씻겨나갔다.

"그럼."

여자가 꺼낸 것은 열쇠 하나였다.

화려하게 장식되고 꺼림칙한 빛을 발하는 보석이 박힌 그것은 한눈에도 막대한 마력이 담긴 물건임을 알 수 있을 것이다.

그녀는 그것을 최후의 결계에 밀어 넣었다.

꽂은 장소에서는 꺼림칙한 빛이 뿜어 나오고…….

하지만 무언가와 힘을 겨루듯 불쾌한 소리가 울려 퍼졌다.

"……어라, 바로 열리진 않나."

여자는 그렇게 말하더니 다시 한번 어깨를 으쓱이며 결계 안으로 시선을 보냈다.

결계 안에는 아직 몇 명의 서큐버스들이 남아 있었다.

최후의 결계를 유지하기 위한 마법사들이었다.

"역시 서큐버스의 결계라고 해야 할까? 결계를 깨는 마법 열쇠를 가지고서도 상당한 시간이 걸리겠어."

"……."

"하지만 이 마법 열쇠는 절대적이야. 여하튼 데몬의 국보라고. 깨지는 것도 시간문제야. 그래서 제안하겠는데, 냉큼 이 결계를 해제해주지 않겠나. 너희는 며칠이나 그곳에서 나오지 않았어. 공복으로 미칠 것 같지? 계속 고통을 겪는 것보다 얼른 나와서 싸우는 게, 서로를 위한 일이라고 생각하거든."

결계 안에 틀어박힌 서큐버스들은 알고 있었다.

눈앞에서 죽어 있는 것은 다들 이름 있는 역전의 전사들이었다.

그런 이들이 무참하게 살해당했다. 여자를 상대로 손가락 하나 못 대고, 압도적인 검술로 베어서 쓰러졌다.

그렇기에 이해했다.

여자는 이렇게 말하는 것이었다.

"괴롭지 않게 죽여 줄 테니까 냉큼 나와라"라고.

남은 서큐버스들의 사명은 성역을 지키는 것.

공복인 것은 확실하지만 그것을 이유로 자신의 직무를 내팽개칠 리도 없었다.

그저 지금은 참고 견디며 또다시 원군이 오기를 기다릴 수밖에 없었다.

"……다음 원군을 기다린다는 건가? 이것 참, 서큐버스는 좀 더 용감하다고 생각했는데, 기대 밖이야."

여자의 명백한 도발에 넘어가지는 않았다.

"결계가 풀리는 게 먼저인가, 원군이 먼저인가. 그렇게 생각하는 걸지도 모르겠지만…… 단언하지. 그렇게는 안 돼. 너희는 지금 쓸데없이 힘겨운 시간을 보내고 있어."

서큐버스들의 마음속에 퍼지는 불안을 감지했는지 여자는 그렇게 말했다.

그럼에도 서큐버스는 움직이지 않았다.

움직일 수 있을 리도 없었다.

"뭐, 나는 그래도 상관없지만. 몇 번이나 말하지만, 시간문제니까……."

그 말은 서큐버스들에게 닿았지만 빗소리에 지워지고 숲속으로 점차 사라졌다.

목소리를 듣는 존재는 아무도 없었다.

"당신, 정말로 게디구즈를 부활시킬 수 있다고, 그렇게 생각하는 거야?"

툭 하니 중얼거린 것은 결계 안의 서큐버스였다.

그 말을 듣고 여자는 웃었다.

"그래, 그렇게 생각해."

"죽은 자를 되살린다니, 황당무계하다고?"

"나도 그렇게 생각해. 실제로 죽은 인간을 부활시키기 위해서는 인지를 초월하는 막대한 힘이 필요하다니까."

"그렇다면."

"하지만, 그만한 힘을 이 대지는 가지고 있어."

여자는 이야기한다, 서큐버스들을 설득하는 듯한 말투로, 서큐버스들을 설득할 생각 따위는 전혀 없어 보이는 이야기를.

"이건 어떤 사람이 어떤 유적의 문헌에서 발견한 이야기인데,

이 세계는 태곳적에 지금의 인류가 상상도 할 수 없을 위대한 생물이 싸운 사체 위에 만들어졌다고 해."

"그리고, 몇몇 사체에는 아직 힘이 깃들어 있어서 그 땅에 사는 이들에게 은혜를 주었지."

"사람들은 그 사체에 깃든 힘을 신이라 칭송하고, 믿었다…… 너희의 성역도 그 일종이야."

"그렇다면 슬슬 써야겠지? 사체를 향한 신앙 따윈, 아무런 도움도 안 되니까."

"게디구즈 님을 부활시켜서 다시 한번 전쟁을 일으킨다면, 이번에야말로 일곱 종족 연합은 승리할 수 있어. 데몬도 서큐버스도 오거도, 지금의 힘겨운 생활에서 벗어나서 승리의 미주를 맛볼 수 있지. 현재의 너저분한 휴먼처럼 말이야."

최후의 말을 미처 이해하지 못한 서큐버스 하나가 반응했다.

"너저분한 휴먼…… 당신에게는, 종족의 긍지라는 건 없어?"

"없어."

"……"

"그런 사리사욕의 쓰레기 종족에게 긍지라니, 있을 리가 없잖아."

그렇게 말하는 여자의 목소리는 얼어붙을 만큼 차가웠다.

"그런 거야. 도발한 건 사과하지. 그러니까 열어주지 않겠어? 너희는 죽게 되겠지만, 서큐버스 전체에게는 그렇게 나쁜 이야기가 아니니까."

여자의 말에, 게디구즈를 부활시킨다는 말에 살짝 마음이 움직인 이도 있었다.

하지만 여자의 마지막 말을 듣고 그녀를 따르려는 이는 없었다.

그럴 만큼 여자의 말은 꺼림칙하고 오싹했으니까——.

ORC HERO
STORY
오크영웅이야기
촌탁열전

9. 시장 조사

배시가 서큐버스의 나라에 도착하고 며칠이 지났다.

언제 그칠지도 알 수 없는 비.

착실하게 체력을 붙이면서도, 하지만 강해질 기척이 없는 루도.

정체라고도 할 수 있을 나날 가운데, 배시는 오랜만에 자신의 훈련도 하고는 있었지만 다소 시간이 남아돌았다.

다만 배시는 정체를 달갑게 여기는 타입이 아니었다.

젤과 작전 회의를 진행하고서 행동에 나섰다.

"배시 님…… 지금, 뭐라고 하셨나요?"

평소처럼 배시 일행을 호위하던 비너스는, 배시의 입에서 곧바로 튀어나온 말에 무심코 그리 되물었다.

"여자가 좋아하는 남자에 대해서 가르쳐 주었으면 한다."

비너스는 그 말을 들은 순간, 마른침을 꿀꺽 삼키며 주위로 시선을 헤맸다.

이것은 누군가가 자신을 시험하는 것임에 틀림없다고 생각한 것이었다.

그렇지 않다면 눈앞의 요염한 남자가 이런 명백한 유혹을 할 리가 없다.

"……그 말씀은?"

그렇기에 비너스는 신중하게 대답했다.

여기서 "알몸인 당신입니다!" 같은 대답을 했다가는, 다음 날에 자신은 처형대 위에 놓여 있을지도 모르니까.

"나는 아내를 찾고 있다."

"오크의 아내라면, 매일 '굶주림'이 없다고 들은 적은 있지만……."

혹시 그런 이야기일까 기대하며, 냉정하게 대답했다.

비너스는 일류 군인이다.

평범한 계집이라면 틀림없이 이미 처형당했을 것이다. 머리와 몸이 안녕 바이바이다.

반대로 기대하는 그대로의 의미라면 비너스는 둘도 없이 오케이다.

바로 옷을 벗어던지고 배시의 가슴으로 뛰어들 것이다.

"배시 님, 혹시 서큐버스를 아내로 맞이하고자 생각하시는 건가요?"

그렇지만 지금은 신중에 신중을 거듭하는 비너스였다.

전쟁 중, 방심과 지레짐작 탓에 날개와 꼬리를 잃지 않았던가.

"음? 확실히 서큐버스를 아내로 맞이한다면, 고향으로 돌아갔을 때에 다른 이들에게 자랑할 수 있겠군. 하지만 너희는 오크를 싫어하겠지?"

"어어…… 예, 뭐, 확실히, 그러네요. 저희는 배시 님은 더없이 존경하지만, 대다수의 오크는, 그게, 그다지 좋게 생각하진 않으니까요……."

오크의 아내가 된다는 것은 오크의 성노예가 된다는 것이다.

물건처럼 취급되고, 트로피로서 과시의 대상이 된다.

완전히 하등한 존재로 취급당한다.

대부분의 서큐버스는 배시 이외의 오크를 하등한 생물이라고 생각한다.

그런 오크의 아래로 들어간다니, 긍지 높은 서큐버스에게 있어서는 안 되는 일이다.

다만 지금 시대라면 젊은 서큐버스들은 신이 나서 그 지위를 감수하겠지만…….

하지만 그것은 오크에게 좋은 일이 아니다.

서큐버스를 아내로 맞는다면, 남편이 된 오크는 매일 밤처럼 아내에게 식사를 주게 될 것이다.

그것은 얼핏 서로에게 좋은 관계일지도 모르지만, 종족 전체로서는 좋지 않다.

오크에게 새로운 아이가 태어나지를 않는다.

한둘이라면 모를까, 서큐버스 국내에서 굶주리고 있는 이들 모두가 오크의 나라로 밀려든다면, 오크는 간단히 멸망할 것이다.

"물론 배시 님께서 아내…… 서큐버스를 굴복시킨 증거로서의 트로피로 바라신다면, 저 비너스를 포함해서 입후보할 사람은 다수 있을 거라 생각하지만……."

비너스의 시선은 배시의 사타구니로 향했다.

비너스도 매일 식사를 얻는 것은 아니었다.

게다가 배시의 아내라는 지위는 서큐버스의 긍지를 훼손할 일도 아니다.

될 수 있다면 되고 싶다.

"……그런 이야기는, 아니겠죠?"

비너스는 확인하듯 그렇게 물었다.

왜냐면 그녀의 긍지는 지극히 높은 곳에 있었으니까.

젊은 서큐버스라면 지금쯤 천국에서 기운 넘치게 남자를 뒤지고 있었을 것이다.

"그래, 나도 서큐버스를 아내로 삼고 싶은 마음은 굴뚝같지만, 역시나 아내는 아이를 낳아주어야만 할 테니까."

"그렇겠죠!!"

배시는 오크의 영웅이다.

오크의 가치관을 아는 비너스는, 서큐버스가 오크의 아내로서 어울리지 않는다는 사실을 제대로 이해하고 있었다.

"물론 혹시 네가 서큐버스가 아니었다면 만났을 때에 프러포즈를 했을 테지만, 이것만큼은 말이지……."

혹시 배시에게 소리를 보는 힘이 있었다면 비너스의 가슴이 두근두근 고동치는 소리가 보였을 것이다.

아무리 배시라고 해도 그런 능력은 없지만.

"어흠, 배시 님. 저는 긍지 높은 서큐버스 군인입니다. 혹독한 훈련을 견디고, 격전에서 싸우고, 강철 같은 의미를 지녔다고 생각합니다. 하지만, 과도한 유혹은 하지 마시기를. 서큐버스의 나라에서는, 존경할 남성을 식량으로 보는 것은 긍지를 더럽히는 행위라 가르치고 있으니까요."

"응? 음, 알았다."

잘 모르겠다는 얼굴로 끄덕이는 배시의 얼굴이 너무나도 귀여워서 비너스는 "그런 부분!" 하고 마음속으로 외쳤지만, 소리 없는 외침은 누구에게도 닿지 않았다.

"그래서 아이를 낳을 수 있을 휴먼이나 엘프 여자를 아내로 삼고자 여행을 하고 있다만, 아무래도 잘 안 되더군."

"배시 님은 오크니까 싸워서 쓰러뜨린 뒤에 안전한 곳으로 옮겨서 성교하고 데려가서 자기 여자라 선언하면 그만이지 않나요?"

"오크 킹의 명령으로 동의 없는 성교는 금지되어 있다, 그럴 수는 없지."

"역시나 오크도 녀석들에게 그런 제약을 받고 있군요……."

비너스는 그렇게 중얼거리며 배시를 다시금 봤다.

오크는 서큐버스와 마찬가지로 제약을 받고 있다.

서큐버스는 식량을 제한당하여 굶주리고, 오크는 번식을 제한당하여 수가 늘어나지 않도록 조절되고 있다.

그럼에도 불구하고 배시는 휴먼의 방식에 따라 아내를 찾으려하는 것이었다.

틀림없이 이제까지의 여행에서는 엄청난 차별과 탄압을 당했을 것이다.

현재 외교에 나선 서큐버스의 장군, 캐럿이 그러했듯이.

엄청난 각오로, 여행을 하는 것이었다.

"나는 이 녀석들을 제대로 봐준 다음, 데몬의 나라로 갈 생각이다. 휴먼 왕자 나자르로부터 데몬족에게 보내는 소개장을 받았으니까 말이지. 이제까지 수도 없이 실패했지만, 이번에야말로 아내를 맞이하고 싶다."

"그렇군요!"

그리고 간신히 비너스도 이야기를 이해하기 시작했다.

다음 찬스를 성공시키기 위해서 "여자가 좋아하는 남자에 대해서 가르쳐 주었으면 한다"인 것이라고.

"그런 일이라면 협력하겠습니다만…… 하지만, 어렵네요. 저도 타국의 여성에 대해서는 그다지 잘 아는 게 아니니까요."

"으음……."

"그렇지만 데몬도 배시 님에게는 도움을 받았을 터. 앞으로의 우호를 위해『오크 히어로』가 데몬 아내를 하나 얻고자 한다, 그렇게 말하면 데몬도 싫다고 하진 않겠죠."

"그런가?!"

"이런저런 조건은 달지도 모르겠지만, 데몬도 지금은 힘겨워서 그런 인연이 필요한 시기라고 생각해요. 자존심 강한 데몬 측에서 먼저 말하지는 않을 테고…… 애당초 서큐버스와 마찬가지로 휴먼들에게 감시를 당하느라 자유로운 외교도 못 하니까, 오크 쪽에서 접근하는 건 고마운 일이겠죠."

배시의 가슴이 기대로 부풀어 올랐다.

하지만 배시는 역전의 전사. 이 여행에서도 패전을 거듭했다.

그런 몸으로서 낙관적인 망상 따위는 불가능했다.

"그렇게 잘 풀리진 않겠지."

"……그럴지도 모르겠네요. 데몬도 서큐버스와 마찬가지, 아니, 서큐버스 이상으로 오크라는 종족을 깔보고 있었으니까."

비너스는 그렇게 말하며, 뇌리에 떠오르는 것은 일찍이 만난 데몬 여자들이었다.

그녀들은 온갖 상대를 깔봤다.

특히 게디구즈가 살아있을 무렵에는 지독했다. 상위종으로 취급되는 서큐버스나 오거마저 아래로 보았으니까.

다시금 떠올려도 화가 치미는 추억이었다.

하지만 그런 데몬도 지금은 쇠락하고 있다.

서큐버스 정도는 아니겠지만, 지금은 힘겨울 것이라 생각하니 가슴이 후련해졌다.

그렇게 생각하던 참에, 드물게도 잠자코 이야기를 듣던 젤이 손뼉을 짝 쳤다.

"그렇지! 데몬 여자와 서큐버스는 자존심이 강하고 무척 닮았어요! 이번에는 비너스한테 데몬 여자 흉내를 부탁해서 연습하는 건 어떨까요?"

그 말에 비너스는 고개를 갸웃거렸다.

"데몬 여자 흉내, 라면?"

"그게, 예의 『미천한 오크가 내 시야에 들어오다니!』 같은 거 말이에요."

비너스는 자신의 얼굴에서 싸악 핏기가 가시는 것을 알 수 있었다.

"무리에요. 못 해요. 그것만은 참아주세요. 제 쪽에서 식량으로 보는 일은 없도록 생각하고, 뭣하면 반대로 배시 님이 식량으로 취급하셔도 상관없다는 생각조차 할 정도예요! 그런 짓을 시키지는 말아주세요! 게다가 혹시 그런 모습을 다른 서큐버스가 보기라도 했다가는, 저는 살아갈 수 없어요. 배시 님께서 이 나라를 떠나신 뒤, 뒷골목에서 멍석말이를 당해서 죽어버릴 거예요."

"그런 건가?"

"저라면 그렇게 하겠어요. 배시 님을 다른 오크와 같은 수준으로 취급하고 깔보다니, 서큐버스에게 있어서는 안 될 일이니까요……! 혹시 퀸께서 알게 되신다면, 그대로 극형이 내려지지 않을까요."

그때 비너스는 입술을 깨물었다.

하지만, 갑자기 떠오른 것이었다.

자신은 할 수 있다고. 데몬 여자 흉내를. 저 오만하고, 하지만 실력도 따르는 전사들의 흉내를. 긍지와 감사 사이에서 흔들리며 괴로운 얼굴로 비너스는 말했다.

"다만 배시 님께서 그것을 아시고서 절 연습 상대로 삼으시겠다면 저는…… 저는……!"

악문 입술에서 피가 흘러나왔다.

"아니, 그렇게까진 말하지 않았다."

"그런가요."

비너스는 안도하며 한숨 돌렸다.

"…… 하지만 그럼 이제까지는 어떻게 움직이셨나요?"

"휴먼이나 엘프의 방식에 따라서, 상대가 반하도록 움직인 다음에 프러포즈했다."

비너스는 눈을 크게 뜨고 배시의 사타구니에서 얼굴로 시선을 옮겼다.

설며 오크의 영웅이, 여자로 보인다면 구별 없이 범해서 임신 시키는 종족의 최강인 전사가, 그런 에두른 일을 하고 있었을 줄 은 생각도 하지 않았던 것이다.

하지만 동시에 감명을 받고 납득도 했다.

저 배시가 그만큼 생각하고서 움직이는 것이다.

휴먼의 책략으로 서큐버스 나라의 시찰을 오게 되고, 하물며 '식 량'의 개선에 협력해주기에 이른 것에는 그런 배경이 있더라도 이 상하지는 않았다.

"이 어찌나 훌륭하신지…… 하지만, 그러네요…… 조금 전에도 이야기했지만, 저는 서큐버스니까 다른 종족의 여자에 대해서는 잘 몰라서요…… 힘이 되어드리지 못해서 죄송하지만…….."

"서큐버스도 같은 여자겠지?"

"아뇨, 배시 님. 여자라고 한데 묶어서는 안 돼요. 우리 서큐버 스는, 외모는 확실히 여자이고 남자를 상대로 부정한 감정을 품 지만, 그것은 다른 종족이 자손을 남기려고 하는 것과는 달리 식 욕을 채우기 위한 거예요."

"너희도 자손은 남기겠지?"

"그것도 조금 다른데요…….."

비너스는 고개를 끄덕이더니 턱에 손을 대고 잠시 생각했다.

"참고가 되진 않겠죠. 우리 서큐버스가 아이를 만들 때에 중시 하는 건 강함이에요. 보다 더 강한 모체끼리 더욱 강한 아이를 낳죠."

"으음…….."

강한 것만으로 여자가 다가온다면 배시에게는 지금쯤 휴먼과 엘프와 드워프와 비스트 아내가 있을 터였다.

동정 따위는 과거에 버리고 여유로운 표정으로 다섯 번째 아내로 서큐버스를 맞이했어도 이상하지는 않다.

지금쯤 비너스도 배를 가득 채우고, 만족스러운 표정으로 이쑤시개를 한손에 들고서 쯥쯥거리고 있었을 것이다.

"하지만 배시 님의 자세에는 감명을 받았어요. 그러네요…… 확실히 지금 이 시대, 우리 서큐버스도 남자에게 호감을 살 수 있도록 노력해야만 하겠죠. 매료에 의지하지 않고……."

"너희의 평소 말이나 행동은, 남자에게 호감을 사기 위한 게 아닌가?"

"그런가요? 선천적으로 다들 저러니까 스스로는 알 수가 없지만…… 하지만 확실히, 전쟁이 시작되기 전에는 지금처럼 매료가 강력하지는 않았다는 이야길 들었으니까 말이나 행동으로 남자가 그럴 마음이 들도록 만들어야만 했을지도 모르겠네요……."

"말이나 행동, 인가……."

생각해보면 배시는 오크의 나라를 나선 이후, 그런 것을 신경 쓴 적은 없었다.

물론 필요하다면 존댓말은 썼지만 행동이라는 것은 알 수가 없었다.

"비너스. 너는 남자가 어떤 행동을 하면 좋다고 생각하지?"

"그건 물론 알몸으로 허리에 양손을 대고…… 아뇨, 아무것도 아니에요. 잊어주세요."

"알았다. 잊지."

"으음…… 스스로는 모르겠지만, 서큐버스의 평범한 행동이나 말이 남자에게 호감을 살 법한 것이라면, 그 부분에 힌트가 있을 거라 생각해요. 우리는 어느 종족이 상대라도 저러니까…… 배시 님은 평소의 우리 같은 여자가 있다면 어떻게 생각하실까요?"

"음. 무저항에 바로 아이를 낳아줄 법한, 좋은 여자라고 생각하는군."

"오크의 시선이라는 걸 제외하고 보더라도, 역시나 생물인 이상에는 생식 본능을 자극한다는 거겠네요."

"그러니까, 여자도?"

"틀림없이 똑같겠죠."

다음으로 방문할 곳은 데몬의 나라.

아무리 소개장이 있다고는 해도, 어지간한 방법으로는 안 되리라는 것은 알고 있었다.

하지만 여기서 간신히 광명을 발견한 기분이었다.

"하지만 어떤 행동이나 말을 사용하면, 여자는 좋다고 느끼는 거지? 특히 데몬은."

"……그, 글쎄, 그건 저로서는 알 수가 없네요. 서큐버스라면 남자는 반항적이거나 자신만만한 편이 낫다고 여기지만……."

"오크가 여자에게 원하는 것과 비슷하군."

"서큐버스도 오크도 다른 종족을 유린하는 종족이니까, 기호는 닮은 걸까요."

"데몬도 그렇지. 그렇다면 순종하고 자신 없게 구는 편이 낫겠나?"

"아뇨, 데몬은 순종적인 상대를 대등하게 보진 않아요. 상응하게 대등하다고 여겨질 법한 행동이어야겠죠."

"데몬에게 대등하다는 건?"

"그건……."

하지만 결국 첫 질문의 해답에 다다르지는 못했다…….

발견한 것 같았던 광명은 완전히 기분 탓이었나 보다.

"……죄송합니다, 힘이 되어드리지 못해서."

"아니, 문제없다."

종족 사이에 차이가 있다는 사실은 처음부터 알고 있던 일이었다.

이제까지도 배시는 임기응변으로 대응하려고 했으니까.

"결국 이제까지 그대로 할 수밖에 없나."

배시는 그렇게 납득하고는 아직 보지 못한 데몬 아가씨들에 대한 생각을 새로이 했다.

낙담은 없다.

전쟁 중에도 그랬다.

힘겨운 전황을 뒤집을 책략이나 비밀병기는 좀처럼 나오지 않는 법이었다.

결국에는 자신의 방식을 관철하며 강해질 수밖에 없는 것이다.

배시가 그런 나날을 보내던 어느 날, 사건은 벌어졌다.

10. 폭동

그 사건은 '식량'들이 운동을 시작하고 며칠 뒤에 일어났다.

"어딘지 소란스럽군."

마침 '식당' 안뜰에서 루도를 훈련시키고, 조금 쉬자고 결정했을 때.

벽 너머가 갑자기 시끄러워졌다.

정원에도 달콤한 냄새가 물씬 감돌기 시작해서, 배시 근처에서 훈련을 하던 '식량'들도 술렁대기 시작했다.

"……벽 너머에 무척 다수의 서큐버스가 모여 있네요."

"축제라도 있나?"

"아니―, 그런 느낌이 아니에요. 뭔가 살기등등하네요."

"……그렇다면 역시 축제가 아닌가?"

배시는 살짝 들썩들썩하는 모습으로 그렇게 물었다.

그는 역전의 전사. 담장 밖에 살기등등한 서큐버스가 잔뜩 있다는 사실은 알고 있었다.

하지만 축제에는 싸움이 따르는 법이다.

살기등등하다고 해서 축제가 아니라고 단정할 수야 없지 않나.

아름다운 서큐버스들이 붙었다가 떨어졌다가 서로 주먹을 휘두르며 싸우는 모습을 보면서 술을 마시는 것은, 틀림없이 맛있을 것이다.

"뭔가 분위기가 이상하네요…… 배시 님, 제 근처에서 떨어지지 마시길."

비너스가 그렇게 말하며 주머니에서 금속 골무를 꺼내어 손에 꼈다.

서큐버스는 맨주먹으로 싸우는 것이 기본이지만, 때로는 이런 무기를 사용하는 자도 있었다.

그때 식당 안에서 다수의 서큐버스가 뛰어나오고, 그중 하나가 배시 근처에 있던 비너스에게 달려갔다.

"비너스 중위님!"

"이 소란은 뭐냐!"

"폭동이 일어났습니다! 식량 배급 저하 때문에 모두 불만을 품고서……!"

그 말에 비너스의 안색이 싹 바뀌었다.

"'식량' 피난은?!"

"벌써 시작했습니다. 하지만 이미 '식당' 내부로 폭도가 침입했기에, 훈련 중인 '식량'은 이쪽에서 대기하라고 합니다."

보아하니 다른 서큐버스들이 훈련 중이던 '식량' 주위를 에워싸기 시작했다.

이 자리에서 방어할 생각이었나 보다.

좋은 판단이라고 생각했다.

적의 실체를 알 수 없는 이상, 정보가 들어올 때까지 이 자리에 머무르며 방어전에 주력하는 것은 이치에 맞았다.

지켜야 할 존재가 있다면 더더욱.

부대라는 것은 이동할 때가 더욱 무방비하니까.

반면에 '식량'들은 운동 직후이기도 해서 그런지 좀처럼 얌전히 있지를 못하고, 오히려 담장 너머에서 감도는 달콤한 냄새에 이끌려서 유도하는 서큐버스의 엉덩이를 쓰다듬는 꼴이었지만.

"배시 님도 저쪽으로. 배시 님이시라면 상대가 아무리 서큐버스라고 해도 저런 애송이들에게 어떻게 되실 일은 없다고 생각하지만…… 당신의 신변에 무슨 일이 있어서야 제 목이 날아갈 테니까요."

비너스는 이렇게 말해주었지만 배시는 서큐버스에게 이길 수 있을 것 같지는 않았다.

다만 이것은 부끄러운 일이 아니다.

원래 그런 법이니까.

서큐버스라는 생물은 남자를 빨아들여 죽이는 것에 특화되어 있다.

진심으로 덤벼든다면 배시만이 아니라 어느 나라의 영웅이라도 서큐버스에게는 이기지 못할 것이다.

"잠깐만요, 루도가 아직 돌아오지 않았어요!"

"제자 분이?! 어디에?"

"볼일을 보러 갔다!"

그렇다, 루도는 조금 전에 훈련을 마치고 '식당'에 볼일을 보러 간 참이었다.

본래라면 근처에서 대충 처리하겠지만 이곳은 서큐버스의 나라, 남성이 공공장소에서 음부를 드러내는 것은 죽음을 의미했다.

그렇기에 식당에 설치된 뒷간으로 이동했을 터.

1층은 식당에 온 서큐버스들도 많으니까, 2층이나 3층에 있는 뒷간.

"나, 찾아보고 올게요!"

"아, 젤 경 기다리시길! 지금 경비를⋯⋯!"

젤은 말리는 비너스의 말을 듣지 않고 날아갔다.

배시는 막지 않았다.

이런 돌발적인 사태가 벌어졌을 때, 필요한 것은 마구잡이로 움직이는 것이 아니라 정보다.

그리고 정보를 얻는 것에 특화된 페어리가 날아갔다.

젤이 루도를 발견하면 좋다.

젤이 발견하지 못한다면 배시가 아무리 황급히 찾기 시작하더라도 이미 늦었다는 의미다.

"⋯⋯."

배시는 그 자리에 앉아서 '식당' 쪽을 올려다보며 그 순간을 기다렸다.

그동안에도 담장이 부서지고 폭도들이 안으로 뛰어들고 있었다.

하지만 이쪽은 비너스를 포함한 경비원들이 대처하고 있었다.

폭도 대부분은 전쟁에 거의 참가하지 않은 젊은이가 많은 듯했다.

반면에 경비원들은 모두가 역전의 전사인지, 폭도들을 차례차례 진압하고 있었다.

폭도의 숫자가 압도적으로 많지만, 그럼에도 경비병들이 질 기색은 볼 수 없었다.

배시는 그쪽에서 시선을 피하고 또다시 '식당'을 올려다봤다.

잠시 후, 옥상이 강하게 빛났다.

익숙한 빛이었다.

페어리가 긴급 SOS를 발신할 때의 빛.

그것을 보고 배시는 튀어 나갔다.

전투 중인 서큐버스들을 날려버리며 건물을 향해 돌진하고, 도약.

2층 창틀에 발을 얹고 더욱 위로. 벽에 주먹을 내질러 억지로 발판을 만들고 더욱 위로, 위로 올라갔다.

그리고 순식간에 옥상에 다다랐다.

"당신!"

곧바로 얼굴 옆으로 페어리가 날아왔다.

젤과 대화를 나누기 전에, 배시의 시야에 옥상의 광경이 날아들었다.

그곳에서 본 광경은 반쯤 부럽다고도 할 수 있는 모습이었다.

어린 서큐버스들이었다.

가슴도 작고, 몸도 작고, 팔다리도 가늘다.

소녀라고 부르는 것이 어울리는 체형의 서큐버스들이 한 소년을 둘러싸고 있었다.

소년은 공허한 눈빛에 무릎으로 서 있었다. 매료에 걸린 사람 특유의 표정으로, 게다가 상반신은 이미 알몸이었다.

그리고 그것을 둘러싼 서큐버스들 역시도……

"……아저씨, 누구?"

배시 쪽을 향한 눈빛은 포식자의 그것이었다.

이미 옥상에는 진한 분홍색 농무가 자욱하고, 서큐버스들의 눈동자는 번쩍번쩍 붉게 빛나고 있었다.

배시는 얼른 눈을 감고 숨을 참았다.

그리고 그대로 루도 쪽으로 돌진했다.

"꺄아아!"

"뭔데뭔데?!"

"아저씨가 돌진했어!"

배시는 목소리를 들으며 루도의 몸을 붙잡고 자신의 가슴께로 끌어안았다.

그대로 그 자리를 탈출하려다가 다리가 휘청거리며 무릎을 꿇고 말았다.

"으음……."

머릿속에서 짐승의 욕망이 고개를 쳐들고, 눈을 뜨고 주변에 있는 서큐버스들의 맨살을 확인해야 한다는 생각이 떠올랐다.

옥상으로 올라온 시점에 분홍색 농무를 살짝 들이마셨나 보다.

당연하다. 옥상만이 아니라 이 '식당' 전체에서, 서큐버스들이 분홍색 농무를 흩뿌리며 전투를 벌이고 있으니까.

"어라어라?"

"아저씨 어떻게 된 거야?"

"지쳤어?"

"조금 쉬지 않을래? 아프진 않으니까."

"자, 눈 감지 말고. 여기 볼래? 응?"

서큐버스들의 달콤한 목소리가 귀를 간질였다.

배시는 루도를 감싸듯이 몸을 웅크리고 숨을 들이마시지 않도록 짧게 외쳤다.

"젤!"

"알겠어요!"

배시의 말에 페어리가 대답했다.

배시의 시야에서 젤의 움직임은 알 수 없었다.

하지만 소리로 전투가 시작된 것을 알았다.

젤은 역전의 전사이지만 페어리는 마법이 주요 공격 수단이고, 서큐버스의 마법 내성은 높다. 배시는 튕겨나간 느낌을 바탕으로 그다지 전투에 익숙하지 않은 서큐버스라 판단할 수 있었지만, 그럼에도 5대1에 배시와 루도를 지키며 싸운다면 살짝 열세일까.

"까아!"

"뭐야! 비키라고, 요정!"

"잔뜩 과시해놓고! 조금 정도는 괜찮잖아!"

"어차피 여왕이랑 근위들이 먹었다고! 우리도 한 입 정도는 먹어도 되잖아!"

조금 전까지의 달콤한 목소리는 어디로 갔는지, 절박한 노성을 흩뿌리며 서큐버스들이 뛰어다녔다.

"무슨 이론인가요!"

평소의 젤이라면 자유자재로 날아다니며 마법을 쏴서 유치한 서큐버스 따위는 희롱할 수 있을 것이다.

하지만 배시와 루도를 등 뒤에 두고 있으니 그럴 수도 없었다.

페어리는 무언가를 지키며 싸우는 것에는 맞지 않았다.

"앗!"

"붙잡았다!"

"죽여! 목을 뽑아!"

그것을 들은 순간, 배시는 눈을 떴다.

전우가 죽게 내버려 두는 남자는, 오크 히어로라 불릴 수 없다.

배시는 튕기듯이 일어나더니 젤을 잡고 있는 서큐버스에게 주먹을 휘둘렀다.

다소 힘 조절을 해버린 것은 붙잡힌 젤에게 피해가 미치는 것을 걱정해서인가, 아니면 분홍색 농무의 영향 아래에 있기 때문인가.

본래라면 상반신이 터져버릴 참이었던 서큐버스는 바닥에 튕기며 날아가고, 옥상 가장자리에서 꿈틀꿈틀 경련하기 시작했다.

젤은 손에서 빠져나와 또다시 공중으로 돌아갔다.

하지만, 거기까지였다.

"일어섰어! 자! 내 눈을 봐! 자, 보라고! 이쪽을 봐!"

배시가 분홍색 농무를 들이마시고 움직임이 둔해진 참에, 서큐버스 하나가 배시 앞으로 파고들었다.

붉게 빛나는 눈이 배시의 시선과 뒤얽혔다.

"……윽!"

"우후후, 아저씨, 좋아해. 나 있지, 잔뜩 내어줬으면 하는 게 있어, 응, 괜찮지?"

서큐버스의 달콤한 목소리가 배시를 지배하기 시작했다.

남자는 이 목소리에 저항할 방도가 없다. 다른 어떤 종족일지라도…….

"안 돼!"

다음 순간, 배시와 서큐버스의 시선을 그림자 하나가 가로막
았다.

루카였다.

그녀는 박치기라도 하듯이 배시와 서큐버스 사이로 자신의 머
리를 들이밀어 그 시선을 가로막고 있었다.

그렇다, 여자라면 서큐버스의 특이한 능력은 전혀 의미가 없다.

『가시나무 주박』!"

루카가 지팡이를 서큐버스에게 향하자, 서큐버스의 몸에 가시
나무 덩굴이 휘감겨서 움직임을 막았다.

"뭐야, 꼬맹이! 방해하지 마! 죽여 버리겠어!"

"배시 님한테도 오빠한테도 손을 대게 두지 않아!"

"여자를 치워! 죽여 버려!"

"나도 알아!"

『가시나무 주박』! 아윽!"

하지만 그 다음 서큐버스의 움직임을 막은 참에, 다른 서큐버
스가 그녀의 머리카락을 붙잡고 확 당겨서 쓰러뜨렸다.

다른 서큐버스 하나가 위에 올라타서는 그녀의 목에 손을 댔다.

그동안에 또다시 배시의 시야에 서큐버스의 붉은 눈동자가 비
쳤다.

배시는 이미 눈을 감을 수 없었다.

매료당한 머릿속에서 눈을 감는다는 선택지가 생기지를 않았다.

"플래시 라이트!"

그곳으로 젤이 돌아왔다.

후려치는 것 같은 빛이 크게 눈을 뜨고 있던 서큐버스의 시야를 망가뜨렸다.

서큐버스는 참지 못하여 눈을 감고 고개를 숙였다.

"하앗!"

젤은 빛의 탄환이 되어 다른 한 서큐버스에게 돌진하고.

"움직이지 마라, 요정! 이 녀석이 어떻게 되어도 상관없다는 거야?!"

목덜미를 붙잡힌 루카를 보고 움직임을 멈췄다.

젤은 한순간 주저했다. 루카와 한꺼번에 해치우느냐, 아니면 시키는 대로 하느냐.

잠시 후. 후자를 선택한 젤은, 다만 정말 시키는 대로 하지는 않았다.

특기인 말빨을 발진시켰다.

"어떻게 된 건가요, 이건!"

젤은 목소리를 높였다.

언제라도 시끄러운 것이 젤이다.

"서큐버스는, 다른 종족과 허가 없는 식사는 금지되어 있을 터! 게다가 배시는 서큐버스의 은인이라고요?! 알고 있나요?! 여왕은 틀림없이 격노할 거예요! 아―아, 과연 어떻게 될까요! 단순히 질책을 당할 뿐이라면 상관없겠지만, 경우에 따라서는 사형이에요! 하지만 괜찮아요, 지금이라면 같이 사과해줄게요! 나, 이래 보여도 머리 숙이는 건 누구보다도 잘하니까요! 나한테 걸리면 여왕 한둘쯤…….”

“그딴 거 알 게 뭐야! 우리는 배가 고프다고! 그런데도 억지로 달리기나 시키고! 유리네! 냉큼 일어서서 오크한테 매료를 걸고 팬티 벗겨!”

서큐버스 하나가 눈을 비비며 일어섰다.

강한 빛을 받아서 시야가 아직 돌아오지는 않았지만, 눈을 연신 끔벅거리며 그럼에도 배시에게 시선을 맞추려 했다.

배시는 움직일 수 없었다. 매료에 걸린 탓에 분홍색 농무를 더더욱 들이마셔서 의식은 몽롱했다.

반면에 사타구니의 배시는 제대로 신이 나서, 이미 눈앞의 서큐버스에게 돌진할 생각밖에 못 하는 모양이었다.

서큐버스가 배시의 눈앞에 서서, 눈을 붉게 빛냈다.

더는 배시를 지킬 사람은 아무도──.

“그만해라, 멍청한 녀석들!”

아니, 하나 있었다.

옥상 입구에 서큐버스 하나가 서 있었다.

핑크색 머리카락에 작은 가슴.

하지만 어리다고도 할 수 있는 그녀의 용모는, 배시를 덮치려던 서큐버스들과 비교하면 아득히 요염하고 어른스러운 것.

한쪽 날개와 뜯겨나간 꼬리만 봐도 역전의 용사임을 알 수 있었다.

"히익, 비너스……!"

"뭐, 뭐야…… 우리는 그저…….."

비너스는 침착한 눈빛으로 저벅저벅 배시 앞으로 걸어오더니 그의 눈앞에 몸을 웅크렸다.

"배시 님, 죄송합니다."

그렇게 한마디 말했지만 매료에 걸린 배시는 비너스에게 욕정이 담긴 시선을 향할 뿐, 대답이 없었다.

애처로운 표정으로 시선을 피한 비너스는 천천히 고개를 돌렸다.

그녀의 얼굴을 보고 서큐버스들은 자신도 모르게 한 걸음, 뒤로 물러났다.

"있잖아, 너희들. 이분은, 우리 서큐버스의 은인이야. 이분이 없었다면 너희는 태어나지도 않았다는, 그 정도는 알겠지?"

서큐버스들은 대답하지 못하고, 그렇기에 비너스는 계속 말했다.

"물론 배가 고프다는 건 알아. 인내를 강요하고 있다는 것도 알아. 알고 있다고. 우리 어른은……. 하지만 부탁이야. 이분께 그런 짓은 하지 마. 당신이 구한 서큐버스는 긍지 높은 종족이라고, 가슴을 펴고서 말할 수 있게 해줘."

비너스의 말은 누가 듣더라도 필사적임을 알 수 있었다.

서큐버스 특유의 달달한 말투였지만, 진지하고 절박했다.

괴로운 것은 알지만 그럼에도 들어줘, 이해해줘, 이 선을 넘어서는 안 된다고, 그렇게 전하려는 것을 알 수 있었다.

"시끄러워! 뭐가 긍지야!"

하지만 작은 서큐버스들에게는 닿지 않았다.

"긍지 같은 그런 건, 배고프지 않을 때나 간신히 할 수 있는 말이겠지!"

"자기들만 배부르게 먹고서."

비너스는 울 것 같은 얼굴로 숨을 삼키고, 고개를 숙이고, 천천히 고개를 들었다.

침착한 눈빛으로, 한마디 했다.

"그래."

비너스의 발차기가 서큐버스의 얼굴에 처박혔다.

우둑, 소리가 울리고 어린 서큐버스가 무릎부터 무너졌다.

"윽!"

비너스는 다른 종족이라면 자세가 무너질 법한 상황에서 한쪽 날개를 움직여, 스르륵 소리가 날 것 같이 매끄러운 움직임으로 다른 서큐버스에게 돌진, 얇은 가슴팍에 주먹을 휘둘렀다.

퍼억, 소리가 나고 서큐버스가 피를 토했다.

루카 위에 올라탄 상태이던 서큐버스는 그것을 보고 황급히 일어서려 했지만, 이미 늦었다.

비너스의 발끝이 목에 박히고, 우둑, 하는 소리와 함께 눈을 빙글 까뒤집으며 거품을 뿜었다.

남은 둘, 루카의 술법으로 자유를 빼앗긴 이들은 그 광경을 보고 얼굴이 새파랗게 물들었다.

"나, 나는, 아니에요, 그게…… 유리네를 따라왔을 뿐이지……."

"나도! 나도 아니에요! 오히려 반대했을 정도인데."

두 사람을 보는 비너스의 눈동자는 어둡고, 실망과 분노에 잠겨 있었다.

"죽은 동료를 방패로 삼는 자는, 서큐버스가 아니야."

비너스는 그렇게 말하더니 두 사람의 목을 부러뜨렸다.

ORC HERO
STORY
오크영웅이야기
촌탁열전

11。 프러포즈

배시가 눈을 뜬 곳은 왕궁에서 내어준 자신의 방이었다.

서큐버스들이 준비한 창문 없는 방.

문은 무겁게, 튼튼하게 잠겨 있었다.

"……."

배시는 침대에서 상체를 일으키고 후우, 숨을 내쉬었다.

안도의 한숨이었다.

매료에 걸렸음에도 비너스가 구하러 와준 것까지는 기억하고 있었다.

적이 모두 죽고, 싸움은 승리로 끝났다는 것도.

그저 운이 좋았을 뿐일지라도. 살아남았다면 다음에 살리면 된다. 싸움은 계속 이어지는 것이니까.

하지만 국지적으로 말하자면,

"패배했군."

오랜만의 패배였다.

서큐버스라는 종족이 남자를 상대로 얼마나 강한 힘을 발휘하는가.

전장에 나선 적조차 없는 어린 서큐버스조차 자신을 희롱했다는 사실로, 배시는 다시금 이해했다.

그러고서 어떻게 하면 될지를 생각했다.

죽인다면 틀림없이 빠져나올 수 있었을 것이다.

전장에서는 계속 그렇게 했다.

전장에는 적이나 아군밖에 없었고, 죽여서는 안 되는 적은 존재하지 않았다.

옥상에 올라가서 눈을 감고 숨을 멈추고, 그대로 검을 휘둘렀다면 패배하지는 않았을 것이다.

상대가 상응하는 전사라면 몰라도 저 정도 수준이었다면, 그야말로 눈을 감고서도 이길 수 있을 테니까.

다만 죽여서는 안 된다고 생각했다.

상대는 어렸다. 아이다. 오크도 아이를 죽이는 것을 좋게 여기지 않는 것이다.

지금은 평화로운 시대이고 서큐버스는 적이 아니다.

그런 마음이 있었던 것은 분명했다.

"저건 패배가 아니에요. 애당초 당신 혼자라면 여유로웠잖아요. 내가 발목을 붙잡은 탓이에요⋯⋯."

"젤⋯⋯."

젤은 침울해하고 있었다.

패배는 처음이 아니고, 지키는 싸움이 서투르다는 것도 이해하고 있었다.

배시에게 접근시키지 않도록 저공을 비행하여 적의 시선을 모으듯 움직였다.

그 행동이 잘못이었다고 생각하지는 않는다.

하지만 설령 그럴지라도 어린 상대에게 뒤처진 것은 사실이었다.

오크와 달리 페어리에게 매료는 통하지 않는다. 서큐버스를 상대로 남성만큼 절대적으로 불리한 것도 아닌데.

"……."

"……."

역전의 두 사람은 패배에 침울해하고 있었다.

패배가 처음이 아니지만 그럴지라도 침울하지 않은 것은 아니었다.

"저기."

배시가 고개를 들자 침대 옆에 한 소녀가 서 있었다.

루카였다.

"괜찮아요?"

"그래. 루카, 네게는 도움을 받았군. 네가 없었다면 나는 서큐버스에게 먹혔을 테지."

"아뇨, 하지만 바로 당해버려서……."

"전투에서 힘이 뒤처지는 자는, 힘을 가진 자가 올 때까지의 시간을 벌 수 있다면 충분하다. 너는 그 역할을 제대로 해냈다."

루카가 오지 않았다면 젤은 죽었을지도 모른다.

혹은 배시가 동정을 무참하게 끝내 버렸을지도 모른다.

동정 졸업은 배시가 바라는 일이지만 상대가 서큐버스라면 기쁨은 찰나, 일이 끝나면 마법 전사가 확정된 미래에 절망했으리라.

오크의 명예가 땅에 떨어질 참이었던 것이다.

비너스의 경우에는 뭐, 서큐버스 나라의 잘못이기도 해서 무승부라고는 생각하지만 루카는 아니었다.

"너는 은인이다. 오크 킹의 이름을 걸고, 네게 은혜를 갚겠다고 맹세하지. 뭔가 원하는 것이 있다면 말하도록 해라."

"어······!"

배시가 그렇게 말하자 루카는 얼굴을 붉히며 고개를 숙였다.

"저기, 그렇다면······!"

루카는 뜻을 다진 듯 고개를 들고 배시의 손을 붙잡았다.

아이답게 작은, 체온이 높은 손이었다.

"저, 저랑, 결혼해주세요!"

프러포즈였다.

"······왜지?"

이야기를 흐름을 알 수가 없어서 배시는 그렇게 되물었다.

루카는 얼굴을 새빨갛게 물들인 채, 배시의 손을 꽉꽉 쥐었다.

"저기, 배시 님은 신부를 찾아서 여행하고 계시잖아요? 신부의 조건은, 아이를 낳을 수 있고, 다른 오크에게 자랑할 수 있는 지위가 필요하다고······ 저, 아직 어리니까 아이는 못 낳지만, 대투사 루라루라의 자식이에요! 다른 오크 분들에게도 자랑할 수 있지 않을까요?"

"이유를 묻고 있다."

배시로서도 프러포즈를 받은 것은 기쁘다.

자세히 보니 루카는 무척 아름다운 생김새였다. 오거 여자가 아름다운 것은 배시도 잘 알고 있었다.

성장하면 틀림없이 미인이 될 것이다.

……성장하면, 말이지만.

오크는 여자라면 마구잡이로 덮친다고 일컬어지지만, 실제로는 아니었다.

오크가 여자를 덮치는 것은 자손을 남기기 위한 본능이다.

그렇기에 기본적으로 명백하게 아이를 낳을 수 없는 어린 개체에게 욕정을 느끼는 일은 없다.

고향으로 돌아가면 그런 오크도 있지만, 기본적으로 그런 오크는 특수한 성벽을 가졌다고 여겨진다.

그러니까 루카는 대상에 해당되지 않는 것이다.

몇 년이 지나면 그야말로 배시 취향으로 자랄지도 모르지만, 지금은 아직 어린 것이다.

그리고 몇 년이 지나면 배시는 명백한 마법 전사다.

기다릴 수가 없는 것이다.

그러니까 배시로서도 즉답은 꺼려졌다.

혹시 실비아나 같은 사람의 발언이었다면 배시는 이미 덮쳤을 것이다.

"이유, 인가요."

"그래, 갑자기 왜 그런 말을 꺼내지?"

루카는 잠시 생각하듯 입을 다물었다.

"이유…….."

무엇을 어디부터 어떻게 이야기할지, 망설이는 듯했다.

하지만 이윽고 툭, 하니 중얼거리듯 입을 열었다.

"……저기, 루라루라 어머니 말인데, 사실은 진짜 어머니가 아니에요."

"그런가?"

"예. 저희를 길러주셨고 주위에서도 자기 자식이라 인정을 받았지만, 하지만 저희를 낳은 건 다른 여성이에요."

배시, 컬처쇼크였다.

오거에게는 어머니에도 사실인지 거짓인지가 있나 보다.

"루라루라 어머니는 물론 소중하게 생각해요. 하지만 진짜 아버지와 어머니가 있거든요. 이미 기억은 희미하지만."

"그 아버지와 어머니는, 어떻게 되었지?"

"살해당했어요."

"그럼 너는 루라루라가 아니라 그쪽의 원수를 갚을 생각이냐?"

"……아니에요. 원수를 갚은 여행을 시작했을 때는 그렇게 생각했지만, 조사해봤더니 아버지랑 어머니, 자업자득이었던 모양이라."

"자업자득?"

"스파이였어요. 아버지는 오거인데 정보를 네 종족 동맹에게 팔고, 어머니는 휴먼 첩보부라서…… 그리고 둘이 눈이 맞아서는 도망치고, 저희를 낳고, 발견되어서……."

루카는 고개를 숙이고 어깨를 떨었다.

배시에게 루카의 표정은 보이지 않았다.

오크에게 '배신'이라는 개념은 없다.

배신을 할 수 있을 만큼 머리가 좋지 않으니까. 그들이 할 수 있는 것은 고작해야 킹의 명령을 따르지 않는 정도다.

"그 추격자 중에는 루라루라 어머니도 있어서, 부모님이 죽고 망연자실한 저와 오빠를 맡아서 길러줬어요."

추억을 이야기하는 루카의 입가는 평소보다 올라가 있었다.

"루라루라 어머니는 훌륭한 사람이었어요. 오거의 수장이 되고자 노력했고, 다른 사람들도 잘 돌봤어요. 굉장히, 굉장히 훌륭한 사람이었죠. 저도 오빠도, 존경했어요."

하지만, 하고 루카는 말을 이었다.

"어느 날, 시체로 발견되었어요. 그것도 뒷골목에서, 시체가 그런...... 개 따위한테......."

루카는 눈물을 글썽이고, 당시를 떠올리며 눈물을 뚝뚝 흘리고, 부르르 몸을 떨고, 자신의 몸을 가느다란 팔로 끌어안았다.

"어머니가, 강했던 그 어머니가, 그렇게나 간단히 질 리가 없어요, 틀림없이 비겁한 방법으로 져서, 버려진 거예요...... 어머니는 그렇게 죽어도 될 사람이 아니었어요. 저는, 저도, 오빠도, 용서할 수 없어요, 그런 거, 용서할 수 있을 리가 없어요......."

루카는 그렇게 말하며 배시의 손을 더욱 힘껏 붙잡았다.

어느샌가 루카의 떨림은 멈췄다.

"저희는 맹세했어요. 자신이 죽더라도, 어머니가 그것을 바라지 않더라도, 원수를 갚는 것이 오거족의 의무라고......."

"오거의 복수인가."

오거에게는 그런 풍습이 있다는 이야기를 배시도 들었다.

자신의 부모나 스승이 누군가에게 살해당했을 경우, 목숨을 걸고서라도 원수를 갚아야만 한다. 그러지 않는다면 어엿한 오크로 인정받을 수도 없고, 자식을 만드는 것조차 허락되지 않는다.

오크가 전장에서 여자를 범하는 것과 같은 이유다.

그렇기에 오거는 강인하다.

긴 전쟁의 시대에서 부모나 스승이 살해당하지 않을 일 따위는 없으니까.

계속하여 시체 위에 서는 것이 오거라는 종족이다.

"하지만…… 저기, 배시 님이 보시기에 오빠는 어떤가요? 저는?"

"어떻다면?"

"이길 수 있겠나요? 저 여자한테. 저와 둘이서 도전해서, 어떤가요?"

"무리다."

즉답이었다.

그만큼 루도의 실력은 저 여자와 동떨어져 있었다. 백 번을 덤벼서 한 번, 경상을 입히는 것이 고작이리라.

"그렇겠죠."

루카는 체념한 듯 어깨를 떨어뜨렸다.

"저도, 알고 있어요. 아마 오빠도, 이길 수 없다는 것 정도는. 개죽음을 당한다는 것 정도는……."

루카는 가라앉은 표정으로 그렇게 말했다.

눈에는 또다시 눈물이 글썽거렸다.

"저희가 죽으면, 어떻게 될까요?"

"어떻게도 안 된다. 그저 루라루라 경과, 그리고 너희가 죽었다는 사실이 남을 뿐이다. 어쩌면 그 여자가 술집에서 이야기하는 무용담이 될지도 모르겠지만."

배시는 자연스럽게 그리 대답했다.

오랫동안 전장에 있었던 배시에게는, 죽음은 가까운 일이었다.

부모는 없었지만 선배라도 할 수 있는 이도, 교사라고 할 수 있는 이도, 전우도, 거의 다 죽었다.

이 녀석만 있다면 살아남을 수 있다, 이 녀석이 없다면 자신도 틀림없이 죽는다, 이 녀석은 절대로 죽지 않는다, 계속 함께 싸울 것이다…… 그렇게 생각하던 이가 죽어도 배시는 살아남았고, 그 후로도 아무것도 바뀌지 않았다.

배시는 생각하는 것이다.

혹시 설령 젤이 죽었을지라도, 슬프기는 하더라도 무엇 하나 변하지 않을 것이라고.

당연히 옆에 있는 상대 같은 것은 없다고.

"저, 저는, 죽기 싫어요. 오빠도 살았으면 해요."

"음."

"하지만 원수도 갚고 싶어요. 이길 수 없다는 걸 알더라도……."

"음."

죽기 싫다는 것은 평범한 감정이다.

그리고 그런 감정에서도 분발하기 위해, 모든 종족은 온갖 수단으로 자신을 고무한다.

"원수는, 갚고 싶지만, 하지만 오빠는, 절대로 포기하지 않아요. 이미 자신이 절대로 못 이긴다고, 알고 있을 텐데, 무리해서

센 척하고…… 보고 있을 수가 없어요."

"……."

"이제는 어쩌면 좋을지, 어떻게 하고 싶은지, 저도 모르겠어요……."

이율배반으로 괴로워하는 루카는 양손으로 얼굴을 덮고 뚝뚝 눈물을 흘리며 통곡했다.

배시는 조용히 듣고 있었지만 이윽고 되물었다.

"그게 왜, 결혼으로 이어지지?"

"오거의 복수에는, 가족이라면 도와줘도 된다는 규칙이 있어요."

"그러니까 저랑 결혼해서, 저 여자를, 쓰러뜨려 주세요."

배시는 생각했다.

복수에 협력을 받고자 남편을 맞이한다.

딱히 들어본 적 없는 이야기이지만 이해할 수는 있었다.

오크라면 복수 정도는 스스로 해야 한다고 그럴 것이다. 어쩌면 오거라도.

하지만 눈앞에 있는 것은 어린아이였다.

"……저는, 배시 님께서 바라시는 한 몇 명이든 아이를 낳을게요. 그게, 지금은 무리일지도 모르겠지만, 하지만 열심히 노력할게요! 『오크 히어로』의 아내로서, 배시 님의 자랑이 될 수 있도록, 평생에 걸쳐서 노력할게요! 그러니까, 부디, 부디 부탁드려요…… 도와주세요……."

루카는 필사적으로 그렇게 호소했다.

농담 같은 것이 아니었다. 일체의 거짓말도 없었다.

뭣하면 이 자리에서 배시가 덮치더라도 비명 한 번 지르지 않고 받아들일 것이다.

하지만 배시는 말했다.

"널 아내로 맞을 수는 없다."

루카는 충격을 받은 표정으로 털썩 주저앉았다.

어째서, 그녀가 그렇게 말하기 전에 배시는 말을 이었다.

"하지만, 저 여자는 쓰러뜨려주마."

"예? 하지만, 그건 규율에 반하는 게⋯⋯."

"내가 개인적으로 루라루라 경의 원수를 갚는 것뿐이다. 오크의 규율에, 가족만이 복수해야 한다는 내용은 없지."

배시 나름대로 머리를 쓴 결과였다.

"게다가 슬슬 이 나라에서도 떠나고자 하던 참이다."

서큐버스는 다들 잘 대해주었다.

한동안은 여기서 머물러도 되겠다고 생각했다.

하지만 서큐버스의 나라는 역시나 위험한 장소였다. 그것을 재확인한 참에, 솔직히 이곳에서 빨리 이동하고 싶다는 것이 본심이었다.

게다가 생각해보면 본래의 목적과 다른 곳에서 지나치게 시간을 소모했다. 정령의 기분을 거스르고 싶지 않다며 이래저래 지나치게 마음을 쓰고 말았다.

슬슬 본래의 목적으로 돌아가야 한다.

배시에게 남겨진 시간은 거의 없다.

목적을 달성하기 위해서 조건이 있다면 수단도 따지겠지만, 이것은 아니었다.

그렇다면 수단과 방법을 따지지 않고 최단기간에 해결해야 한다.

그것은 즉, 배시가 저 여자와 싸워서 쓰러뜨린다.

그것이 배시가 할 수 있는 최선이자 최고의 해답이었다.

그 결과, 정령이 미쳐 날뛰며 배시를 죽일지도 모르겠지만, 그보다 여기서 무기력하게 보낸 결과 마법 전사로 전락하는 것보다는 낫다.

『오크 히어로』가 마법 전사가 될 바에야 정령을 거슬러서 죽는 편이 낫다.

"너희의 긍지는 지킬 수 없을지도 모르겠다만, 그래도 괜찮겠나?"

게다가 배시는 직접 말했으니까.

오크 킹의 이름을 걸고, 루카에게 은혜를 갚겠다고.

도와달라는 말에 돕지 않을 리가 없었다.

"배시 님은 다정하시네요."

루카는 우는 듯 웃는 듯, 그런 표정으로 말했다.

■

루카는 한바탕 운 뒤, 루도가 깨어났다는 보고를 듣고 방에서 나갔다.

루도는 배시보다 깊이 매료에 걸린 탓에 다른 방에서 치료를 받고 있었다나.

배시는 침대에 앉은 채, 자신의 몸에 이상이 없는지를 확인하며 방에 준비된 식사를 했다.

여기서 나가서 루라루라의 원수와 싸운다면 몸은 충분히 준비해두어야만 했다.

서큐버스의 매료 후유증이 남아 있다면, 이길 수 있는 싸움도 이길 수 없을 것이다.

한 번 본 것뿐이지만 그만한 주의가 필요한 상대로 여겨졌다.

그런 배시에게 젤이 문득 물었다.

"당신, 괜찮나요?"

"뭐가 말이지?"

"루카, 장래에는 틀림없이 예쁜 아이로 자랄 거예요. 나는 알 수 있어요. 오거의 미추에 대해서는 영 모르겠지만, 하지만 당신이 좋아하는 얼굴의 타입은 충분히 숙지하고 있으니까요. 완전히 취향 저격인 여자가 될 거라 생각해요."

"그렇다면 그때 또다시 프러포즈하면 된다."

확실히 루카는 미소녀다.

틀림없이 장래에는 아름다운 여자가 될 것이다.

하지만 그것은 지금이 아니다.

아름답게 자라려면 5년…… 아니, 최소한이라도 3년은 필요할 것이다.

그렇게나 기다리다가는, 배시는 마법 전사 직행이다.

혹은 그 전에 손을 대어버리면 동정은 버릴 수 있을지도 모르지만, 애당초 배시는 어린 루카를 여자로 볼 수가 없었다.

"지금 결혼해두면 그 나이가 될 때까지 아무한테도 안 뺏기잖아요!"

"하지만 다른 여자를 얻지 못하게 될 가능성도 생기지."

배시가 떠올린 것은 엘프였다.

엘프는 남자 하나당 여자 하나까지.

이제부터 방문할 데몬족이 어떠한 제도인지는 알 수 없지만 엘프과 비슷하다면, 이미 아내가 있는 몸으로는 누구 하나 잡을 수 없을 것이다.

그렇다면 아직 자신은 프리한 몸이어야만 했다.

"……이야기 도중에 실례합니다."

그런 두 사람의 방으로 들어온 것은 풍만한 가슴을 가진 한 여성이었다.

"『서큐버스 퀸』 컬리케일……."

"이번 폭동, 『오크 히어로』 배시 님을 말려들게 만들고 말아서, 정말로 죄송합니다. 서큐버스의 여왕으로서 사죄드립니다."

서큐버스 퀸 컬리케일은 앉은키 높이에서 그렇게 말하더니 배시가 누워 있는 침대에 앉았다.

커다란 엉덩이와 커다란 가슴이 배시 바로 근처에 출현하여, 배시는 시선을 피했다.

너무나도 눈에 좋지 않았다.

조금 더 말하자면, 배시의 위팔에 닿은 손은 몹시 뜨거웠고, 배시의 허벅지에 살짝 닿은 엉덩이는 몹시 부드러웠다.

물론 컬리케일에게 악의는 없다.

서큐버스에게는 진지하게 사죄할 때에는 밀착할 정도로 옆에 앉는 습관이 있었다.

다른 나라, 특히 휴먼의 나라에서 엄청 싫어하는 서큐버스 행동이었다.

"『오크 히어로』경께 이런 일을 겪게 만들어놓고서 거짓말은 할 수 없어요. 부끄러운 이야기지만, 지금의 서큐버스는 보시다시피 하루하루를 연명하는 것이 고작. 이러고서 젊은이에게 긍지를 가지라고 말하는 것도 너무하는 이야기죠."

"……."

"그래도 보시다시피 '식량'은 제대로 관리하고, 정중하게 사육하고 있어요."

"……."

"식욕만 채울 수 있다면, 젊은이에게 서큐버스의 긍지란 무엇인지 가르칠 여유도 생기지 않을까 해요."

컬리케일은 여전히 조금 고압적이라고도 할 수 있는 목소리로 이야기하고 있었다.

하지만 배시는 그 목소리 안쪽으로, 말할 수 없는 필사적인 감정이 있음을 알아차렸다.

"이런 모양새가 되어버려서야 그저 '제발'이라고 말할 수밖에 없겠죠. 배시 님, '제발' 서큐버스의 나라를 구해주세요."

"……서큐버스 퀸인 네가 그렇게 부탁한다면 거절할 수 없지. 그때가 온다면 힘이 되겠다."

배시로서는 무엇이 어떻게 굴러가서 구하느니 마느니, 그런 이야기가 되었는지는 알 수 없었다.

하지만 서큐버스라는, 일곱 종족 연합 안에서도 상위로 여겨지고 오크를 잔뜩 깔보던 종족의 수장이, 『오크 히어로』에게 힘을 빌려달라며 말하는 것이었다.

배시가 고개를 가로저을 리도 없었다.

오히려 자랑스러울 정도였다.

오크는 언제든 심플한 것이다.

"그렇게 말씀해주서서 다행이에요."

"하지만, 컬리케일."

"예."

"힘이 되겠다고 했다만, 지금은 무리다. 나는 바로 이 나라를 떠나고자 한다."

선약이 있으니까.

그리고 조금 더 말하자면, 배시는 옆에 앉은 컬리케일이 조금 무서웠다. 당장에라도 먹힐 것 같았다.

그렇기에 엉덩이 위치를 살짝 틀어서 몸을 뗀 다음, 그렇게 말했다.

"그렇……겠죠…… 그런 일이 있었으니……."

그것을 거절로 받아들인 컬리케일은 숨을 삼켰다.

"무리한 부탁을 했어요. 다시금 사죄를…… 필요하다면 제 목을 가져가시더라도 상관없어요."

"그에 대해서는 이 이상, 무어라 말할 생각은 없다. 서큐버스들은 잘 해주었다. 너희에게 오크 따위는 당연히 아래로 깔볼 존재일 텐데, 마음 편히 지낼 수 있었다. 감사하고 있다."

"너무나도 관대하신 말씀이에요……."

그 말로 대화는 끝이라는 듯 배시는 일어섰다.

이 이상 컬리케일 옆에 있다가는 그대로 침대에 쓰러뜨려 버릴 것만 같았으니까.

어쨌든 다음으로 해야 할 일은 이미 정해진 것이다.

그렇다면 이제는 목적지로 가서 싸우는 것뿐이었다.

"그럼, 작별이다."

"………………예."

컬리케일의 꺼질 듯한 목소리를 뒤로, 배시는 방에서 나가는 것이었다.

ORC HERO
STORY
오크영웅이야기
춘탁열전

12. 영웅VS이름도 없는 여자

거대한, 껍질이 있었다.

거북이의 등갑으로도, 달팽이의 등껍질로도, 혹은 벌레가 탈피한 흔적으로도 보이는 그것은, 그저 커다랬다. 높이는 성인이 된 오거 남성의 키보다도 높고, 끄트머리는 숲의 나무들에 가려져 보이지 않아서 전모를 미처 파악할 수 없었다.

이끼 낀 숲속에서 그것에는 결코 이끼가 끼지 않고, 벌레도 붙지 않고, 어렴풋이 빛나고 있었다.

당연히 주위에는 폭우가 내리고 있지만, 그 껍질은 비를 튕겨내는지 전혀 젖지 않았다.

휴먼의 신관이 보면 신성하다고 평가할까.

아니면 꺼림칙하다고 평가할까.

여자는 껍질 앞에 서서 한동안 그것을 올려다봤지만, 이윽고 안으로 들어갔다.

무지개색으로 발광하는 내부는 이 세상의 것으로 여겨지지 않는 광경이었지만, 여자는 산책하듯 그곳을 걸어서 간단히 가장 안쪽에 다다랐다.

가장 안쪽에는 보석처럼 투명하게 비치는 돌이 자리 잡고 있었다.

돌은 크리스털 관으로 주위에 결합되어 있어서, 어쩐지 모르겠지만 그것이 이 불가사의한 물체의 근원임을 헤아릴 수 있었다.

여자는 그것을 거칠게 붙잡더니 크리스털 관에서 떼어냈다.

뎅그렁, 듣기 좋은 소리가 들리고 돌은 간단히 여자의 수중으로 떨어졌다.

그와 동시에 주위에서 빛이 점차 사라졌다.

신성함도, 꺼림칙함도, 사라졌다.

누구라도 알 수 있었다.

힘을 잃었다고.

이윽고 이 껍질은 쇠하여 숲으로 사라질 것이다.

그것은 이 껍질에서 신성함을 찾아내었을 이들에게 절망할 광경일지도 모른다.

그래서 여자는 중얼거렸다.

"캐럿한테 시킬 수 없는 일이겠네……."

여자는 덩어리를 천으로 정중하게 감싸더니 백팩에 집어넣었다.

껍질 안에서 나와 비 오는 하늘을 올려다보고, 후우 한숨을 내쉬고, 꾸욱 기지개를 켰다.

"응…… 후우~, 이렇게나 시간이 걸릴 줄은 몰랐네…… 아무리 그래도 좀 힘들었어. 서큐버스의 결계도 제법 쓸모는 있네."

그렇게 말하는 여자의 시야에는 무수한 시체가 쓰러져 있었다.

데몬의 마법 열쇠로 결계가 부서진 뒤, 최후의 저항이라는 듯이 덮쳐든 서큐버스 방어대였다.

흙투성이 그 시체는 다들 요염한 자태였다.

죽어서도 서큐버스는 요염했다.

여자는 그녀들의 아름다운 얼굴을 시시하다는 듯 내려다봤지만, 문득 기척을 느꼈기에 고개를 들었다.

시체의 산 앞에 인기척이 있었다.

작은 그림자 둘과, 커다란 그림자 하나.

기억이 있었다.

그것이 누구인지 깨닫는 것과 동시에 부글부글 분노가 치밀어 올랐다.

"오크! 어째서 또 아이들을 데려왔느냐!"

여자의 입장에서 보면 그것은 이해할 수 없는 행동이었다.

분명히 전날, 계약은 완수했을 터.

오크는 자신에게 욕정을 느꼈지만 그것을 참고 두 아이를 도왔다. 훌륭한 남자였다.

물론 성욕이 왕성한 오크니까 두 사람을 어딘가 안전한 곳으로 바래다준 뒤, 자신을 범하기 위해 쫓아오는 경우는 생각하고 있었다.

어쩌면 두 사람이 포기하지 않고 자신을 쫓을 가능성도.

하지만 셋이 함께 있는 것은 예상 밖이었다.

"루라루라 경의 원수를 갚으러 왔다."

"……호오."

여자는 배시의 한마디에 분노가 슥 가셨다.

아마도 그 후로 두 사람에게 사정을 듣고, 의분을 느껴서 조력을 제안했을까.

오크가 무슨 목적으로 그런 곳에 있었는지는 모르겠지만, 자신의 그의 입장이었더라도 조력을 제안했을 것이다.

어떤 목적으로 여행을 하고 있든, 보호해야 할 아이들 둘을 내버리는 것을 괜찮다고 여길 리가 없으니까.

"……놀랐어. 오크라는 건 의외로 정이 두텁구나."

다만 오크가 그런 행동에 나설 줄은 몰랐다.

여자가 아는 오크가 할 법한 행동이라면, 쌍둥이를 구한 뒤에 한쪽이 여자임을 깨닫고, 남자를 죽이고는 범하고 버리는 정도였다.

아무리 그래도 그것은 편견이 들어갔기에 입에 담지는 않겠지만.

여하튼 오크라는 존재는 의외로 이해할 수 있는 행동 원리로 움직이는 듯했다.

"하지만 역시 오크야. 머리가 나쁘네."

"왜지?"

"자기가 질 거라고 생각하진 않았겠지? 그러니까 자신만만하게 여기로 왔어."

아무래도 상관없나, 여자는 그렇게 검을 뽑았다.

여하튼 이렇게 마주한 이상, 할 일은 마찬가지니까.

"오크는 싸울 때에 패배를 생각하지 않는다."

배시 역시도 검을 뽑았다.

거대한 검은 둔중하게 빛나고 있었다.

여자는 한순간 그 검을 본 기억이 있다고 느꼈지만, 금세 떠올리는 것을 그만두었다.

검에 고집이 있는 것도 아니니까 어차피 못 떠올린다고.

"나는 전 오크 왕국——."

"어, 아니. 이름을 댈 필요는 없어. 나는 대지도 못하고, 네게 댈 가치가 있는 여자도 아니고, 이제부터 벌어지는 것은 명예로운 결투도 아닌 그저 살인이야. 목숨을 건 싸움조차 아니야."

그러면서 여자는 앞으로 내디뎠다.

여자의 한 걸음은 너무나도 조용하고, 자연스럽고, 컸다.

어지간한 전사라면 여자의 움직임은 물론, 그 간격에 들어간 것조차 알아차리지 못했을 것이다.

"아쉬워. 죽이고 싶지는 않았어."

일격.

여자는 오크의 목이 잘려나가고 땅바닥을 구른다…….

그렇게 확신하고 있었다.

"……어라?"

하지만 여자의 검은 배시의 목에 닿기 전, 두터운 검에 막혀 있었다.

"윽!"

자신의 검이 굉장한 완력에 튕겨 나왔다고 생각한 순간, 여자는 몸을 뒤집었다.

폭풍 같은 배시의 참격을 팔꿈치로 흘리고, 반동으로 2회전하고 착지했다.

이어지는 배시의 추가 공격을 춤추듯이 회피했다.

다섯 번의 참격을 빠져나와 여자는 배시의 간격 밖으로 도망쳤다.

여자는 자신의 심장이 두근두근 소리를 내는 것을 깨달았다.

방심하고 있었다. 하마터면 죽을 뻔했다.

"……오크, 너, 강하잖아. 놀랐어."

배시가 펼친 일련의 공격은, 완전히 끝을 낼 생각으로 펼친 것이었다.

그 참격은 하나하나가 굉장히 무겁고, 모두 폭풍과 충격을 거느리고 있었다.

닿으면 그 부위를 잃고, 스치면 피부는 찢어지고, 살점이 흩뿌려지고, 근처를 지나가는 것만으로 자세가 무너진다.

체중이 가벼운 여자라면 더더욱.

여자가 전장에서 그런 참격을 피하는 방법을 익히지 않았다면, 죽었을 것이다.

지나가는 검의 충격에 거스르지 않고, 자신의 몸을 회전시켜 충격에서 벗어난다.

상당한 균형과 몸놀림, 그와 걸맞은 민첩성이 없었다면 불가능한 곡예였다.

"너도 그렇군."

배시도 여자가 자신의 상상대로 강하다고 재확인했다.

"내 첫 공격으로 죽지 않았던 것도, 내가 회피일변도의 움직임을 취하게 만든 것도, 최근에는 그야말로 루라루라 경 이후로 처음이야."

"그건 영광이다."

여자의 칭찬에 여유로운 대답.

평범한 오크라면 조금 더 이렇게…… 아니, 여자는 오크에 대해 잘 아는 것은 아니니까 이번에도 편견이 들어간 오크의 태도가 떠올랐을 뿐이리라.

어쨌든 여자는 눈앞의 오크가 자신의 상상보다 훨씬 거물임을 헤아렸다.

동시에 얕은 지식에서 어떤 이름이 떠올랐다.

"오크가 이렇게까지 할 수 있다면…… 그렇다면, 네가 『오크 히어로』배시인가?"

"그렇다."

대답과 동시에 배시의 검이 덮쳐들었다.

여자는 아슬아슬한 간격을 유지하여 그것을 회피하고 반격을 펼쳤다.

반격은 배시에게 닿지 않고 바람만이 그의 피부를 쓰다듬었다.

명백하게 파고든 거리가 부족한 그 공격은, 배시의 실력을 재어보려는 의도가 명백했다.

"그런가, 영광스러운 드래곤 슬레이어 영웅에게 이름을 대지 않았던 무례를 사죄하지…… 하지만 나는 그런 이름은 갖고 있지 않아."

"……."

"그렇다고는 해도 오크 최강의 전사가 상대라면, 나도 진심을 발휘해야겠네."

여자는 그렇게 말하더니 다시금 검을 들었다.

배시의 눈에는 어딘가에서 본 적이 있는 듯한 자세로 비쳤다.

휴민 기사의 자세와 닮았지만, 그러나 조금 달랐다. 독특한 자세.

그것을 보고 배시는 자신의 몸에 털이 곤두서는 것을 느꼈다. 여자가 위험한 상대라고, 배시의 본능이 이야기했다.

"그라아아아아아아아아아아아오오!"

자신의 감정을 더욱 고양시키기 위해, 워크라이를 터뜨렸다.

싸움이 시작되었다.

∎

싸움은 길게 이어지고 있었다.

배시의 폭풍 같은 참격을, 여자가 흘리고 반격을 가했다.

그저 그것뿐인 공방이 폭우 속에서 이어졌다.

질퍽거리는 땅일지라도 둘 다 휘청거리지 않고 담담하게 계속했다.

배시의 일격은 여자에게 닿지도 않고, 여자의 반격은 배시에게 닿아도 베이는 것은 피부 한 장뿐이라 피조차 나지 않았다.

연무 같은 그것은 둘 중 하나의 기량이 조금이라도 부족하다면 성립되지 않는 것이었다.

여자의 기량이 부족하다면 배시의 검이 여자를 가르고, 배시의 기량이 부족하다면 여자의 검이 배시의 혈관을 찢을 것이다.

전자가 일격으로 승부가 나는 것과 다르게 후자는 시간을 들여서 죽인다는 차이는 있지만, 결과가 죽음이라면 같은 이야기였다.

일격으로 목숨을 앗아갈 참격이 몸 근처를 수도 없이 지나가도 여자에게 초조함은 없었다.

담담하게, 기계적으로, 같은 일을 되풀이했다.

배시의 참격이 시작되는 것을 보고 패턴을 파악. 그대로 검을 휘두른다면 회피, 페인트가 들어가면 한 박자 두고 회피, 도중에 검의 궤도가 바뀌면 자신의 검으로 흘려낸 다음에 회피한다.

그다음의 반격도 결코 지나치게 파고들지 않고, 그렇다고 지나치게 물러나지도 않는 적절한 거리를 유지하며 참격을 펼친다.

배시도 그것을 회피한다.

지금보다 더 파고든다면 다음 공격을 회피할 수 없고, 지나치게 물러난다면 회피 동작만큼 힘을 모은 배시가 더욱 회피하기 어려운 참격을 펼친다는 것을 알고 있었다. 회피하기 어려운 참격을 회피한다면 자세가 무너진다, 자세가 무너진 상태에서 더더욱 참격을 회피하려고 한다면 더더욱 자세가 무너진다.

그리하여 다다르는 것은 '막다른 곳'이다.

그렇게 된다면 여자에게 승산은 없다.

하지만 여자는 알고 있었다.

그것은 상대도 마찬가지라고.

배시는 냉정했다.

오크라고는 여겨지지 않을 만큼 담담하게 검을 계속 휘두른다.

항상 최고의 파고들기, 최고의 참격을 계속 펼친다.

결판이 나지 않는다는 것에 초조해서 마구 움직인다면 곧바로 여자의 검에 베인다.

조금이라도 피를 흘린다면 그다음부터는 조금씩 형세가 기울기 시작한다.

그리하여 다다르는 것은 '막다른 곳'이다.

다만 이대로 간다면 배시가 유리해진다고 할 수 있을 것이다.

오크의 몸은 휴먼 여자보다 아득히 크고, 체력도 더 버틴다. 스태미나가 먼저 떨어지는 것은 십중팔구 여자 쪽이었다.

그래서 여자는 승부에 나섰다.

"이것이 오크의 영웅인가. 모두가 경의를 표할 만도 해."

여자가 툭 하니 중얼거리고 반걸음 물러섰다.

배시의 참격에 살짝 더 힘이 실리고, 살짝 더 깊이 파고든 일격을 날렸다.

참격은 여자의 목덜미 부근을 스쳤지만 아직 닿지 않았다.

여자는 자세가 무너진 상태로도 검을 들었다.

배시가 다시 휘두른 칼이, 회피 불가능한 참격이 여자를 덮쳤다.

"하지만, 오크야."

아주 한순간 배시의 참격에 망설임이 생겨났다.

배시의 시선이 여자의 가슴께로 떨어지고, 코가 실룩거리고, 꽉 다문 입가가 느슨해졌다.

칼끝은 여자의 어깻죽지에서 왼손 쪽으로 빠져나가고, 충격은 살점을 터뜨리고 뼈를 부수었다.

여자는 파고들면서도 충격에 거스르지 않고 몸을 회전시켜, 오른손의 검을 배시의 목에 내리쳤다.

피가 확 튀었다.

"……!"

배시의 목은 떨어지지는 않았다.

경동맥은 찢겨서 분수처럼 피가 뿜어 나왔다.

휴먼이라면 치명상이 될 출혈이었다.

"통해서 기쁘지만…… 지금 그 공격에 반응할 수 있는 건가……."

반면에 여자의 왼손은 부서지고 피를 끊임없이 흘리며 말도 안되는 방향을 향하고 있었다.

가슴께는 크게 찢어지고 커다란 두 언덕이 훤히 드러났다.

"자, 하지만 지금부터가 수라장이지. 힘들어 죽을 것 같아. 아니, 이미 죽어가고 있나……."

여자는 검을 고쳐 들었다.

눈앞의 오크가 목에 생긴 대량의 출혈 정도로 멈추지 않는다는 것은 알고 있었다.

오크의 눈에서 빛은 사라지지 않았고, 몸은 열기를 둘러서 차가운 비를 증발시키고 있었다. 휴먼이라면 절망할 상처를 입고서도 오크 전사는 멈추지 않는 것이다.

'예상보다 더 강해…… 이것이 드래곤 슬레이어 영웅인가…….'

오히려 여자 쪽이 초조한 심정이었다.

예정대로라면 배시의 검은 간발의 차이로 피할 수 있을 터였다.

일찍이 지금과 같은 방법으로 오크 전사를 쓰러뜨린 적도 있었다.

가슴을 완전히 보여주면 오크는 반드시 인중을 늘어뜨리고 손이 둔해진다. 쓰러뜨린 다음의 일을 생각해서 살의가 억제되니까.

일찍이 쓰러뜨린 것도 이름 있는 전사였지만, 역시나 영웅이라 칭송받는 자는 그 이상이라는 것이리라. 여자를 덮치는 것보다 아이를 구하는 것을 우선시할 정도의 고결함을 다시금 생각하면 얄팍한 수단이었을지도 모른다.

여하튼 이렇게 되면 오크와 휴먼 여자는 몸의 구조가 다르다.

여자는 단숨에 열세에 빠졌다.

잃은 피의 양은 배시 쪽이 많을지라도, 먼저 움직임이 둔해지고 힘이 다하는 것은 여자 쪽이다.

그렇기에 여자는 앞으로 나섰다.

배시의 거목 같은 목을, 또 다른 일격으로 베어 넘기고자 검을 움직였다.

배시는 그 공격에, 이번에야말로 색향에 현혹되지 않겠다는 듯이 여자의 정수리를 노려서 일격을 펼쳤다.

"힐 윈드."

배시의 검이 허공을 갈랐다.

여자는 파고드는 척 몸을 뒤집는가 싶더니 마법의 바람에 뒤덮였다.

요정의 가루와 비슷한 색깔을 가진 바람이 여자의 상처를 눈 깜짝할 사이에 치유했다.

여자의 상처는 낮고, 배시의 상처만이 남는다.

아주 살짝, 형세가 역전되었다.

"……윽!"

하지만 배시의 참격은 빨랐다.

모두가 전율하는 참격의 속도는 압도적인 파괴력을 가지고 있지만, 그에 반해서 품이 지나치게 든다.

일격, 다음 일격으로 여자의 자세는 무너졌다. 한 걸음이라도 물러난다면 그렇게 되리라 생각하던 상황이, 지금 막 벌어지고 있었다. 세 번째 공격이 여자의 몸통에 때려 박혔다.

"으으으으으으음!!"

여자는 이제까지 없을 만큼 필사적인 모습으로, 들이닥치는 검에 자신의 검을 맞댔다.

엄청난 금속음이 숲에 울려 퍼졌다.

불괴라 불리는 데몬의 검과 여자의 검이 맞부딪히고 심상치 않은 충격이 발생했다.

배시조차 충격에 몸이 붕 뜨고 몇 미터 정도 뒤로 날아갔다.

흙먼지와 함께 상공을 올려다보자 여자가 공중을 빙글빙글 돌면서 날아가는 참이었다.

여자는 마법을 썼는지 공중에서 자세를 바로잡더니 나뭇가지에 착지했다.

"허억! 허억! 허억!"

여자의 호흡은 거칠고, 드러난 가슴은 크게 위아래로 움직였다.

하지만 그것은 운동 때문이라기보다는 자신이 느낀 죽음에 대한 반응일 것이다.

그녀는 지금 그야말로 사선을 빠져나온 것이었다.

배시의 속도는 그녀의 예상을 웃돌아서 회복할 틈조차 없었다.

참격은 무거웠다. 검에 대량의 마력을 실어서 상쇄하지 않았다면 여자의 몸은 둘로 나뉘었을 것이다.

"윽!"

숨을 돌릴 여유도 없었다.

여자는 즉시 나뭇가지에서 뛰었다.

다음 순간, 그녀가 발판으로 삼은 나무가 엄청난 속도로 세로 방향 회전하고 주위의 나무들을 끌어들이며 날아갔다.

여자는 둥실 착지하며 몸을 크게 숙였다.

머리 위를 배시의 검이 지나갔다.

그 충격파에 흘러가며 몸을 회전시키고, 팔꿈치를 지면에 박아서 방향 전환. 회전의 힘을 검에 실어서 그대로 눈앞에 있던 배시의 정강이를 후려쳤다.

동시에 배시의 세로 베기가 여자 후방에 착탄했다.

토사가 퍼붓는 가운데, 여자는 확실한 손맛을 느끼며 네발로 기어 거리를 벌렸다.

순간적으로 검을 휘둘러서 방어한 것은 본능에 따른 행동이었다.

참격이 어디서 오고 자신이 어디를 향해 방어했는지조차, 여자 스스로가 알 수 없었다. 하지만 까앙, 금속음과 함께 튕겨났기에 자신의 행동이 그르지 않았다는 것만큼은 이해할 수 있었다.

배시의 세로 베기가 그대로 지면을 도려내고 등 뒤로 빠진 여자를 아래쪽에서 덮쳤다고는, 전혀 이해하지 못했지만.

"하아아아!"

아무리 행운이 덮쳐들지라도 여자는 방심 없이 검을 들고, 배시를 향해 참격을 펼쳤다.

■

그 싸움은 과연 얼마나 이어졌을까.

두터운 구름과 비로 하늘은 닫혀서 시간의 감각을 알 수가 없었다.

다만 배시의 전력을 미루어보면 그렇게 긴 싸움이 아니었다고 할 수 있을 것이다.

엘프 대마도사 선더 소니아와는 사흘 밤낮을 계속 싸웠지만, 이번에는 아직 하루도 지나지 않았다.

고작해야 하룻밤.

"허억…… 허억…… ."

"…… ."

그 하룻밤으로 주변의 모습은 격변했다.

성지라 불린 껍질은 반파되고, 나무들은 쓰러지고, 거대한 회오리라도 지나간 것 같은 광경이었다.

그런 가운데, 두 사람은 서 있었다.

"배시 경, 아직 할 거야?"

"……물론이다."

배시는 만신창이였다.

온몸 여기저기에 열상이 있고, 그 상처 다수는 동맥에 다다랐는지 피가 줄줄 흘러나왔다. 아무리 강인한 오크라고 해도 내버려 두면 죽으리라는 것은, 누가 보더라도 명백했다.

그럼 여자 쪽은 여유로우냐면, 그렇지는 않았다.

그녀의 왼손은 이상한 방향으로 꺾이고 머리에서는 줄줄 피가 흘렀다.

치명상이 아닌 것은 그저 그녀가 회복 마법 사용자였기 때문임에 불과했다.

"이대로는, 우리는 공멸하겠군."

"나는, 그래도 상관없다……."

공멸.

그 예감은, 싸우는 둘 모두가 느끼는 것이었다.

서로의 힘은 호각. 서로가 서로에게, 일격으로 치명상을 입힐 수는 없었다.

여자의 완력으로는 배시의 급소를 완전히 도려낼 수 없고, 배시의 일격은 여자에게 직격하지 않는다.

조금씩 상처를 입고, 서로가 힘이 깎여나가고는 있지만, 그 관계성은 변함이 없다.

지금은 아직 요정의 가루나 회복 마법으로 치료할 수 있지만, 계속된다면 서로가 회복이 불가능한 영역까지 부상을 당하게 될 것이다.

그리고 그 분수령을 이제 곧 넘어서려 하고 있었다.

"오크의 영웅이나 되는 자가, 이런 벽지에서, 이름도 없는 여자와 무승부라니, 그런 명예도 뭣도 없는 방법으로 죽어서는 안 돼."

"……너도 전쟁 중에는 이름 높은 전사였을 테지."

"그래. 하지만, 지금은 아니야. 지금의 나를 쓰러뜨려도 명예가 되지는 않고, 나한테 쓰러져도 그저 불명예일 뿐이야."

여자는 배시를 바라봤다.

훌륭한 전사라고 인정할 수밖에 없는 상대였다.

그저 검을 겨루는 것만으로 존경심이 생기는 상대는, 처음이었다.

그런 여자가, 외쳤다.

"루라루라 경은 훌륭한 전사였다! 하지만 네가 죽으면서까지 원수를 갚아야만 하는 상대인가?!"

"어째서 네가 그런 걸 신경 쓰지."

"너 같은 훌륭한 전사가, 이런 곳에서 죽어선 안 되니까! 나와 호각으로 싸울 수 있는 전사라고! 이 대륙에 몇이나 있겠어! 너는, 더욱 훌륭하게, 나보다 훨씬 어울리는 상대와 싸우고, 자랑할 수 있을 법한 전장에서 죽어야 해!"

여자는 고개를 번쩍 들고 어느 방향을 봤다.

파괴가 닿지 않은 숲의 그늘에서 두 얼굴이 상황을 엿보고 있었다.

루도와 루카. 요정의 보호를 받는 두 사람은 새파란 얼굴로 그들을 보고 있었다.

"듣고 있느냐! 보고 있느냐, 꼬맹이들! 너희가 루라루라 경의 죽음을 인정하지 않기에, 영웅이 죽는다고! 너희의 복수는 그럴 만큼 중요한가?! 루라루라 경의 명예는, 오크의 영웅이 죽으면서 까지 지켜야만 하는 것이냐!"

여자는 외쳤다.

"애당초 너희는 뭔가 착각하고 있는 모양인데, 나는 루라루라 경과는 정정당당하게 싸웠어! 과거의 영광을 걸고 맹세할 수도 있어! 너희가 상상하는 것 같은, 비겁한 기습 따위는 일절 없이! 그저 다급한 상황 탓에 시체를 방치했을 뿐이야! 거기 있는 『오크 히어로』경이 비스트 용사 레토에게 그랬던 것과 마찬가지로! 그 걸 책망하는 거냐!"

여자는 더더욱 외쳤다.

"그럼에도 원수를 갚고 싶다면 알겠어. 상대해주지! 하지만 본 인들은 대적할 수 없으니까, 그런 이유로 남을 싸우게 만들고 구 경만 하겠다니 무슨 짓이냐! 그러고도 루라루라 경의 긍지를 지 킬 수 있겠느냐! 부끄러운 줄 알아라!"

그것은 일종의 목숨 구걸이었다.

여자는 이런 곳에서 죽고 싶지 않았고, 배시를 이런 곳에서 죽 게 만들고 싶지도 않았다.

그러니까 복수의 주체인 남매가 싸움을 보고만 있는 상황에 분 개를 느낀 것이었다.

그리고 그 말에 루카는 떨었다.

"저, 저는……."

대신에 원수를 갚아 달라.

그렇게 말한 루카는, 실제 싸움을 눈앞에 두고 완전히 기겁한 상태였다.

가벼운 마음으로 부탁했다고 생각하지는 않았다.

하지만 배시와 원수의 싸움은 상상을 초월할 정도로 가혹하고 엄청난 것이었다.

배시라면 간단히 쓰러뜨려줄 터.

그런 마음이 없었다고는 단언할 수 없었다.

그리고 루라루라와 저 여자가 정정당당하게 싸웠다는 말도, 싸움을 보면 신용할 수 있는 이야기였다. 어머니는 강하니까 틀림없이 비겁한 방법으로 죽었다고 믿었지만, 지금으로서는 그렇지 않다고 믿을 수 있었다.

하지만, 그럼에도, 그렇기에.

피를 나눈 육친에게, 이런 괴물의 상대를 시킬 수는 없었다.

그 생각은 싸우기 전보다 강했다. 그러니까 이제 그만두라고는, 말할 수 없었다.

자신도 어쩌면 좋을지 알 수 없었다.

그래서 루카는 배시에게 도와달라고 말한 것이었다.

"나는, 이제…… 됐어."

그렇게 말한 것은 루도였다.

"나는, 처음부터, 자기 힘으로 원수를 갚을 생각이었어. 역부족이니까, 나는 절대로 못 이기니까, 스승님이 싸우는 것도 어쩔 수 없다고 생각했지만, 확실히 네 말대로 이래서는 스승님의 명예도, 어머니의 명예도, 그리고 우리 명예도 지킬 수 없어."

루도의 몸에서 힘이 슥 빠졌다.

젖은 땅바닥에 철퍽 무릎을 꿇고 눈에서 눈물이 떨어졌다.

"나는, 너무 초조했어."

루도는 자신의 무력함을 곱씹는 나날을 떠올리며 그렇게 말했다.

"스승님, 죄송해요. 이렇게까지 싸우게 만들어서. 몇 년 뒤가 될지는 모르겠지만, 나, 제대로 처음부터 다시 수행해서, 이 녀석을 쓰러뜨릴게요. 그러니까, 지금은……."

"……루도가, 그렇게 말한다면……."

루카는 짜내듯이 그렇게 말했다.

배시에게 도움을 부탁한 것은 오빠를 지키기 위해서.

그런 오빠가, 지금 당장 쓰러뜨리겠다는 목표를 바꾸어 주었다면, 초조해할 이유도 사라진다.

지금은 절대로 못 이기겠지만 장래에는 어떻게 될지 알 수 없다.

하지만 언젠가 루도와 루카에게, 조금 더 자신감이 붙을 것이다.

이만큼 수행하여 힘을 붙이고 도전해서, 그럼에도 패배해서 죽는다면 어쩔 수 없다고 생각할 수 있는 날이 올 것이다.

그리고 그때는 틀림없이 망설이지 않을 것이다.

그렇게 생각하며.

"……그런가."

그리고 두 사람이 그렇게 결심했다면 배시도 검을 거둘 수밖에 없었다.

그것을 보고 여자도 휴우, 한숨을 내쉬었다.

"……루라루라의 아들. 너는 틀림없이 좋은 전사가 될 거야. 언제 죽어도 되는 몸이라고 생각했지만…… 가능한 한 죽지 않도록 노력하며 기다릴게."

여자는 검을 칼집에 넣더니 발길을 돌려, 자신에게 회복 마법을 걸면서 천천히 걸어갔다.

배시는 그녀의 뒷모습을 보고, 망설였다.

배시는 물론 쌍둥이의 결정에도 이론은 없었다.

루라루라의 원수를 갚지 못했던 것은 뭐, 괜찮다.

배시는 딱히 그렇게까지 원수를 갚고 싶다는 생각을 하지는 않았다. 저 여자가 말하다시피 정정당당하게 싸운 결과라면, 원수를 갚으려는 것 자체가 바보 같다.

그러니까 문제는 이것으로 정령이 만족했느냐, 였다.

이런 어중간한 결말에 만족했는가.

"음……."

문득 배시는 위화감을 느꼈다.

조금 전까지 있던, 몸을 때리는 것 같은 비가 느껴지지 않았다.

손바닥을 위로 향하며 하늘을 올려다보자 두터운 구름에 틈이 생기고 빛이 비쳐들기 시작했다.

서큐버스 나라의 위로 푸른 하늘이 점차 돌아오는 것이었다.

"흠…… 이걸로 충분했나."

비가 그쳤다는 것은, 물의 정령의 분노도 가라앉았다는 것이리라.

그러니까 잘은 모르겠지만 정령도 만족한 것이었다.

그렇다면 배시가 여자에게 고집할 이유도 없었다.

프러포즈는 전날 막 거절당했고.

"이봐, 여자."

하지만 배시는 여자의 등을 향해 말을 건넸다.

"배시 경, 이름을 모르는 여성에게 말을 건넬 때는, 『여자』가 아니라 『부인』이나 『아가씨』라고 하는 걸 추천하지."

"음, 그런가. 기억해두지. 감사한다."

"천만에. 그래서, 무슨 용건이야? 너도 치료하는 편이 나을 거라 생각하는데……?"

여자는 어깨를 으쓱이고 시원스러운 분위기로 그렇게 말했지만, 손은 허리춤의 검에 방심 없이 얹고 있었다. 경계하는 것이리라.

물론 배시에게 그녀와 싸울 생각은 이미 없었다.

그저 하나, 말해두고 싶은 것이 있을 뿐이었다.

"나와 비긴 상대는, 선더 소니아 이후로 처음이다."

"그 엘프 대마도사와 비견되는 건 영광이야. 그런데?"

"나는 너와 싸우고, 살아남았다는 걸 자랑스럽게 생각한다."

그 말에 여자는 걸음을 멈추었다.

허리춤의 칼자루를 쥐고, 하늘을 올려다보고, 입가를 느슨히 풀고, 하지만 금세 떨떠름한 표정으로 입을 열어 무언가를 말하려다가, 관두고, 다시 입을 열어 이렇게 말했다.

"그럼 나도, 살아남은 걸 영광스럽게 생각할게."

여자는 그렇게 말하더니 손을 팔랑팔랑 흔들며 반파된 숲속으로 사라졌다.

조금 전보다, 어쩐지 가벼운 발걸음으로…….

──이리하여 루라루라의 자식 루도와 루카의 복수는 미수로 끝난 것이었다.

13. 약혼

여자가 떠나고 하룻밤이 지났다.

배시는 중상이었지만 요정의 가루로 아무 일도 없이 회복되었다.

밤이 지날 때까지 모두 말이 없었다.

젤과 쌍둥이는 조금 전의 굉장한 싸움을 되새김질하고 있었다.

배시는 조금 전의 싸움에 대해서 어떻게 움직이면 이겼을지를 생각하고 있었다.

말이 없는 것은 물론, 모두가 몸을 움직이지도 않았다.

그들은 날이 밝는 것과 동시에 움직였다.

걷기 시작하자 흥분이 되살아났는지 루도가 입을 열기 시작했다.

배시와 여자의 싸움을 떠올리고, 그때는 쓰러뜨렸다고 생각했다느니, 그 순간은 끝이라고 생각했다느니, 흥분이 가라앉지 않는 듯 말이 멈추지 않았다.

그 이야기를 듣는 역할이 된 것은 젤이라, 대화가 능숙한 요정은 제대로 맞장구를 치고, 과거의 사례를 언급해서 이야기에 흥을 돋우고, 루도의 흥분을 더욱 강하게 만들었다.

잠자코 있던 것은 배시와 루카.

배시가 이야기를 하지 않았던 것은 딱히 이유는 없었다.

그저 싸우는 와중에 움직일 때마다 흔들리던 여자의 가슴을 떠올리고, 입가를 히죽대던 것은 틀림없었다.

반면에 루카는 계속 복잡한 표정을 짓고 있었다.

그러는 사이에 이윽고 숲을 벗어났다.

트인 장소 앞에는 계곡이 있고, 그 아래로는 강이 흐르고 있었다.

계곡 바닥까지는 높이가 있었지만 그럼에도 콸콸 흐르는 소리
가 들릴 만큼 강은 수량이 늘어난 상태였다.

연일 이어진 비 탓이리라.

"아, 이 강은 당신이 떨어진 강이네요! 이걸 거슬러 올라가면
원래 장소로 돌아갈 수 있어요!"

"그래."

배시와 젤은 망설임 없이 강 상류로 향했다.

하지만 오거 두 사람은 걸음을 멈추고 있었다.

"스승님, 우리는 여기서 이만 실례할게요."

"어떻게 할 생각이냐?"

"일단 고향으로 돌아갈게요. 오거의 나라는 하류 쪽이니까……."

"그런가."

"사실은 스승님을 따라가서 계속 수행을 하고 싶지만…… 어제
싸움을 보고 나, 역시 스승님한테 가르침을 받을 레벨이 전혀 아
니라는 걸 알아서……."

루도는 거기까지는 웃고 있었다.

하지만 이윽고 표정을 확 일그러뜨리고 외쳤다.

"분했어! 스승님의 싸움에 따라가지 못하는 것뿐만 아니라, 참
가할 자격조차 없다고……! 복수니 뭐니 떵떵거려봐야 저 녀석은

상대도 해주지 않았다고……! 전부 알고서!"

루도는 우는 얼굴 그대로 배시를 올려다봤다.

"스승님은, 처음부터 알고 있었군요. 내가, 기술이라든지 배우는 것 이전의 수준이란 거…… 그러니까 그런 훈련이었죠?"

"……그렇군."

평소라면 그렇지는 않다고 단언할 참이지만, 이번만큼은 배시도 알고 있었다.

역시나 루도는 너무나도 약하다.

이길 수 있느냐 없느냐, 그 이전의 문제였다.

"나, 처음부터 수행해서 저 여자한테 이길 수 있을 정도가 될 때까지…… 아니, 적어도 나라의 어른들한테 능력을 인정받을 정도가 될 때까지 노력할게요!"

"그렇게 느긋이 있는 동안에, 녀석은 다른 누군가의 손에 걸려서 죽을지도 모른다고."

"……스승님과 호각으로 싸울 수 있는 녀석이, 그렇게 간단히 죽을 것 같진 않아요…… 게다가…… 그게, 나, 어머니는 엄청 강하다는 거 알았으니까 틀림없이 저 여자가 기습을 했다고, 비겁한 수단을 사용했다고 단정했지만, 저 여자와 스승님의 싸움을 봤더니, 그게 아니라는 걸 알았으니까, 이젠 서두르지 않아요."

"그렇다면 복수 자체는 안 해도 되지 않나?"

"저 여자가 어머니를 죽인 건 사실이고…… 게다가 목표가 없으면 게으름을 피울 거예요."

루도는 그렇게 말하더니 상쾌한 표정으로 웃었다.

그런 루도를 밀어젖히듯이 루카가 한 걸음, 앞으로 나왔다.

"저기, 배시 씨."

"뭐지?"

"이번에는, 여러모로 감사합니다."

루카는 그렇게 한마디 하더니 머리를 숙였다.

그리고는 고개를 들고, 양손을 가슴 앞에서 꾸물꾸물하고, 애태우는 눈으로 배시를 봤다.

"그게…… 복수 같은 건 제쳐놓고, 앞으로 몇 년이 지나 제가 어른이 되면, 신부로 삼아주시겠어요?"

"으음……."

그 말에 배시는 잠시 생각했다.

앞으로 몇 년이 지나서…… 그러니까 지금 당장의 결혼이 아니다.

이른바 약혼이겠지만, 배시는 그 제도는 잘 알지 못했다.

"물론이다."

그렇기에 시원스럽게 끄덕였다.

그 몇 년 동안에는 자유로우니까, 설령 일부일처제를 옳다고 여기는 엘프라도 결혼에 지장은 없다고 판단했다.

"만세! 고마워요!"

기뻐하며 웃는 루카를 보고 배시 역시도 미소를 지었다.

오거와 휴먼의 혼혈이라면 틀림없이 배시 취향의 미인이 될 것이다.

그런 존재가 자신의 아내가 된다고 생각하니 기대감으로 가슴

이 부풀어 오르는 것이었다.

지금의 루카는 너무 작아서 상상도 할 수 없지만.

양자라고는 해도 루라루라의 딸이라면 오크 히어로 배시의 아내로서도 손색이 없다.

"몇 년 뒤의 일이라면, 일단 오크의 나라로 돌아가도 되지 않나요? 지금 당장 아이를 낳을 수는 없더라도, 나라에서 천천히 자라는 걸 기다려도 별일은 없을 거예요."

"아니, 모처럼 정보를 받았다. 데몬의 나라에도 가도록 하지."

배시는 살짝 빠른 말투로 그렇게 말했다.

왜냐면 비밀이지만 중요한 것은 아내를 얻는 일이 아니니까.

중요한 것은 이 여행에서 동정을 버리는 것. 나아가서는 마법전사가 되지 않는 것이다.

그렇기에 여기서 여행을 그만두다니, 말도 안 되는 일이다.

"으—음, 그런 걸까요……?"

젤은 영 모르겠다는 표정으로 고개를 갸웃거렸다.

하지만 젤은 페어리, 배시는 오크. 자잘한 일은 신경 쓰지 않는 주의였다.

"뭐, 당신이라면 신부가 잔뜩 있어도 괜찮겠네요! 게다가 당신의 상대를 루카 혼자서 하게 된다면, 아무리 오거의 피를 이어받았다고 해도 금세 망가져 버릴 것 같고요!"

"음."

그 말의 의미를 아직 어린 루카는 모른다.

하지만 오거도 일부일처제를 가진 종족이 아니다.

배시가 많은 아내를 필요로 한다는 말을 들어도 딱히 의문스럽게 생각하지는 않았다.

"······? 잘은 모르겠지만, 저도 다른 분들에게 부끄럽지 않도록 고향에서 열심히 신부 수업을 하고 올게요!"

"그래!"

배시는 기대감이 가득한 미소로 끄덕였다.

이리하여 배시에게 약혼자가 생겼다.

이 여행이 시작되고 첫 성과였다.

그것은 한 걸음이라고 하기에는 조금 짧은, 목적 달성과 관계가 없는 일이었다.

하지만 확실하게 배시의 이상으로 다가가는 한 걸음이었다.

그렇다고 해도 배시의 여행은 이어진다.

진정한 목적을 이루고자, 데몬의 나라로.

가는 도중에 싸운 여검사의 흔들리는 가슴을 떠올리며──.

ORC HERO
STORY

오크영웅이야기
촌탁열전

14. 에필로그

배시가 떠나고 며칠이 지난 서큐버스의 나라는 침통한 분위기로 뒤덮여 있었다.

오래 이어지던 비는 그쳤다.

하지만 남은 것은 폭동에 따른 잔해와 흙에 떨어진 서큐버스의 긍지와 파괴된 성역이었다.

성역은 서큐버스에게 중요한 장소였다.

아득히 옛날부터 이곳을 지키라는 가르침을 받고, 그것을 엄수했다.

무엇을 위해서, 그런 부분까지는 전해지지 않았지만 신앙의 대상으로 보던 서큐버스도 다수 존재했다.

그것을 잃었다.

서큐버스는 지극히 단순한 종족이다.

그렇기에 몇 년만 지나면 깔끔하게 잊어버릴지도 모른다.

하지만 설령 그럴지라도, 지금은 대부분의 서큐버스가 패전이 정해지고 강화를 받아들인 날과 같은 표정이었다.

특히 서큐버스 퀸 컬리케일의 침울한 모습은 심각했다.

오랜 세월 서큐버스가 지켜온 것을 자기 대에서 잃고 말았다.

자신의 허술한 지시 탓에 오랫동안 함께 한 부하까지 잃고 말았다.

그런 자책의 심정으로 침울해져서 잔주름이 늘어나고 말았다.

"하아……."

전쟁이 끝났다며 방심하고 있었다.

지나치게 방심하고 있었다. 자신들은 이제 이 이상 떨어질 일은 없다고, 마음속 어딘가로 생각하고 있었다.

그렇지 않았다. 알고 있지 않았나.

패배는, 패배를 부른다.

패배했기에, 현재가 힘겹기에, 마음을 다잡아야만 했던 것이다.

왜 성역이 파괴당했는지, 자세한 내역은 알 수 없다.

토벌대 복귀가 늦어져서 다시 보낸 척후의 보고에 따르면, 아무래도 서큐버스를 죽이고 성역을 어지럽힌 자는 배시와 싸운 흔적이 있었다고 한다.

싸움의 결말이 어떻게 되었는지는 알 수 없다.

하지만 주위에 있는 것은 성역을 지키던 서큐버스의 시체뿐, 배시의 시체도 하수인의 시체도 없었다고 한다.

그것을 미루어보면 배시가 일방적으로 적을 유린하고 잔뜩 범한 뒤에 보내주었거나, 그대로 데려간 것이리라.

본래라면 하수인의 목을 서큐버스에게 넘겨주었으면 하는 참이지만, 패배한 여자를 데리고 돌아가는 것은 오크의 습성이다. 어쩔 수 없다.

오히려 컬리케일로서는 감사할 수밖에 없었다.

그 하수인을 내버려 둔다면 더더욱 지독한 결말을 맞이했음이 틀림없으니까.

'배시 님, 헤어질 때는 그런 말을 했으면서, 성역을 습격한 하

수인을 쓰러뜨려 주다니……'

상황만을 본다면 배시와 하수인이 한 패였다는 판단도 불가능하지는 않다.

설령 그럴지라도 환영받은 서큐버스 나라에서 먹힐 뻔했던 배시의 보복으로는 타당한 일이다. 용납할 수밖에 없으리라.

뭐, 그럴지라도 배시가 떠난 뒤, 서큐버스 나라의 현재 상황은 그저 심각했다.

많은 젊은이가 죽어버렸다.

폭동에서 '식량'에 피해가 없고, 입이 줄어든 덕분에 식량 보급에 다소 여유가 생긴 것이 불행 중의 다행인가.

그것도 결코 무조건적으로 기뻐할 일은 아니고, 식량 사정이 궁핍한 사실에는 아무런 변화도 없었지만.

"여왕 폐하, 사자가 알현을 청하고 있습니다."

그러던 그때, 측근 니오가 그런 보고를 가져왔다.

"사자? 이럴 때에 어디서 온 누구지? 시답잖은 용건이라면 확 빨아버릴 거라고?"

컬리케일은 짜증을 내뱉듯이 그렇게 말했다.

패배는 패배를 부른다.

지금 이 상황에서 좋은 용건 따위는 올 리가 없다고, 그렇게 생각했다.

"그건 무서운데. 이대로 돌아가 버릴까."

그렇게 말하며 들어온 것은 젊은 남자 하나였다.

여왕 컬리케일은 그 남자의 이름을 알고 있었다.

"나자르 가이니우스 그란도리우스 전하……?!"

"처음 뵙겠습니다. 서큐버스 퀸 컬리케일."

나자르는 그렇게 말하지만 컬리케일은 멀리서 몇 번인가 이 남자를 보았다.

휴먼 중에 가장 유명한 남자.

전쟁 중, 이 남자를 붙잡아서 우는 소리를 들으며 죽을 때까지 빨아먹는 것을 얼마나 꿈꾸었던가.

지금이 전쟁 중이라면 굴러들어온 떡이라며 매료의 마안을 번쩍번쩍 빛내고, 배불리 빨고, 타액으로 번들번들하는 나자르의 뼈와 가죽을 휴먼 본국으로 돌려보낼 참이었다.

하지만 지금은 아니었다. 휴먼의 왕자 나자르에게 손을 댄다면 어떻게 될지 모르는 컬리케일이 아니었다.

그러니까 애써 허세를 부려서 이렇게 말하는 것이었다.

"갑자기 들어오다니, 무례한 거 아닐까?"

"미안하군요. 사실 저는 아직 정식 사자인 것도 아니라서……."

몰래 서큐버스의 방으로 들어오다니, 먹어달라는 것이나 마찬가지였다.

그렇다고는 해도 역시나 컬리케일.

빤히 보이는 낚싯바늘에 걸려들 여자가 아니었다.

"그럼 대체 무슨 생각이지? 이야기 하면 알현실에서 듣겠다만?"

"이런 이야깁니다."

나자르가 손가락을 딱 튕겼다.

그러자 스무 명의 남자들이 우르르 들어왔다.

아무래도 그들은 며칠 정도 계속 여행을 하며 제대로 씻지 않았는지, 방 안에 농후한 남자의 향취가 충만했다.

그것을 맡은 측근 니오가 허둥대며 나자르에게 따졌다.

"아니! 무슨 생각이야?! 서큐버스 퀸의 방에 우르르 들어오다니."

"아, 이건 실례. 부인을 상대로 무례가 지나쳤군요. 하지만——."

"무례 정도가 아니야! 무슨 불에 뛰어드는 벌레냐고! 우리가 아직은 참을 수 있을 때, 빨리해버려. 아, 이것 봐, 벌써 침이······."

니오 역시도 긍지 높은 서큐버스다.

하지만 전날 경애하는 언니가 죽은 뒤로, 슬픔 탓에 식욕도 잃었다.

마침 공복이던 참에 먹을 것이 늘어서니 도무지 참을 수가 없었다.

"아, 그런가. 그렇군요, 이건 실례했습니다. 허나 용건이 바로 그거라."

나자르는 그런 서큐버스의 고뇌 따위는 모른다.

그저 평소처럼 시원스러운 표정으로 설명을 시작했다.

"전날, 어느 인물로부터 서큐버스가 지금 지독한 식량난에 빠져 있다는 걸 듣고, 지원 물자를 마련해서 왔습니다."

"어느 인물······?"

"예, 이름은 밝힐 수 없지만, 절실하다고. 그래서 이렇게 급히 지원자를 모아서, 서둘러 달려온 겁니다."

컬리케일이 떠올린 것은 한 남자의 모습이었다.

얼마 전, 서큐버스의 나라로 와서 식량 상황을 관찰하던 남자…….

'배시 님, 하수인을 처리해주신 것만이 아니라…… 식량까지……?!'

배시가 나라를 떠난 뒤에 나자르가 지원자를 모아서 이곳에 오기에는 명백하게 시간적으로 무리가 있지만, 컬리케일은 신경 쓰지 않았다.

배시는 그를 위해서 왔다고 생각하니까. 뭐, 배시의 다리라면 아슬아슬하게 때를 맞추지 못할 것도 없지만…… 불쌍한 것은 캐럿이었다.

"감사할게, 휴먼 왕자님."

"아뇨. 사실을 말하자면, 우리 휴먼 가운데 서큐버스를 혐오하는 자가 있었기에 일이 이렇게 된 겁니다. 전쟁이 끝났으니 이제는 서로 손을 맞잡아야만 하는데……."

나자르는 그때 흘끗 창밖을 봤다.

그 시선이 향한 곳에는 서큐버스가 자랑하는 '식당'이 있었다.

"그렇지만 서큐버스는 식량을 관리하지 못한다, 그런 소문도 들어서 말이죠. 급했다고는 해도 지원자를 그런 사지로 보내도 될 것인가……."

"그건……."

컬리케일의 이마에 식은땀이 흘렀다.

"그래서 전날, 아는 밀정을 통해 몰래 시찰을 했습니다만."

"……."

그 말에 떠오른 것도 역시나 한 남자였다.

그 남자는 식당을 시찰했지만, 서큐버스에게 가혹한 처사를 당하고 말았다.

이제는 마주할 낯도 없었다. 배시의 보고도 지독했을 것이다.

틀림없이 나자르는 그것을 따지러 왔을 것이다.

식사를 그저 늘어놓기만 하고, "너희는 예의가 없으니까 밥은 없다"라고, 그렇게 선언하러 온 것이리라.

휴먼은, 그런 장난을 좋아하니까.

뭣하면 지금 있는 '식량'조차 빼앗을 생각일지도 모른다.

"……."

그렇다고 해도 배시에게 저지른 짓을 생각하면 변명 하나 나오지 않았다.

그렇기에 컬리케일은 절망적인 표정으로 나자르를 봤다.

적어도 지금 있는 '식량'만큼은 봐달라고, 휴먼 방식으로 머리를 숙여서라도 애원해야만 한다.

그것은 서큐버스의 긍지를 상하게 만들지도 모르지만, 시원찮은 여왕의 마지막 역할이라 생각하면 괜찮을 것이다.

그렇게 생각하며 컬리케일은 의자에서 일어나려 하고,

"그저 훌륭할 따름."

"어."

나자르의 그 말에 털썩 다시 의자에 앉았다.

"식사는 호화롭고, 침상도 따뜻하고, 원래는 사형수였던 사람이 상대라고는 여겨지지 않는 대우라고. 조금 지나치게 살이 찐 게 신경이 쓰였지만, 제대로 운동도 시키고 있다. 최근에 휴먼의 나라에서도 문제가 되기 시작한 병의 대처법을 제대로 공부한 모양이다."

"어, 어어. 당연하지. 소중한 식량이 죽어서야 곤란한 건 우리라고?"

"다른 서큐버스들의 교육도 제대로 된 모양이더군요. 입국할 때에 몇 명은 덮치지 않을까 싶어서 일단 호위를 데려왔습니다만, 필요 없었죠. 최근 며칠은 조금 소란스럽다고 들었습니다만, 제 눈으로 보기에 서큐버스는 충분히 이성적이로군요."

"당연하지. 우리는 긍지 높은 서큐버스인걸. 손님을 덮치진 않아."

컬리케일은 그렇게 말하며 목덜미에 흐르는 식은땀을 훔쳤다.

지금은 진정되었지만, 폭동 직전이라면 그럴 가능성은 충분히 있었다.

"솔직히 여기에 올 때까지는 걱정했습니다. 저도 남성인 이상, 서큐버스와의 전투에는 참가하지 않았으니까. 서큐버스에 대해서는 전해들은 것뿐…… 여성판 오크 같은 존재라고 들어서 말이죠."

"……그러네. 틀린 말은 아니야."

"전날, 저도 오크가 상상보다 훨씬 긍지 높은 종족임을 알고, 그렇다면 서큐버스도 마찬가지라 생각해서 직접 오기로 결정했는데, 정답이었네요."

"……."

평소라면 오크 따위와 같이 취급하지 말라며 화를 냈을까.

하지만 전날, 경애하는 오크의 영웅을 먹으려고 했던 참에 오히려 도움까지 받았다.

그런 소리가 나올 리도 없었다.

지금의 서큐버스는 오크 이하의 짐승이다.

"위가 긍지 높더라도 아래가 그럴 거라 단정할 수는 없지. 운이 좋았네, 도련님. 도중에 붙잡혔다면 그대로 빨렸을 거라고?"

"그에 대비한 호위입니다. 긍지 없는 '아래'의 사람이라면, 물리치는 건 그리 어렵지 않으니까."

"그 호위의 모습이 안 보이는데?"

"자신이 모습을 드러낸다면 귀찮아진다고, 평소처럼 가면을 쓰고 방에 박혀 있어서요. 물론 저한테 무슨 일이 있다면 날아오겠죠."

"흐응."

컬리케일은 별것 아닌 동작으로 끄덕였다.

어수선한 탓에 보고가 들어오지 않았지만, 제대로 자기 몸을 지킬 방법을 가지고 왔나보다.

그렇다면, 컬리케일은 나자르 뒤에 늘어선 남자들을 봤다.

지금 이야기를 흐름을 그대로 받아들여도 된다면, 이 남자들은……

"그래서, 거기 있는 아이들이 '지원 물자'라는 건가?"

"예. 여기 스무 명이, 서큐버스의 '식량'으로 지원한 자들입니다."

"그러니까 사양 않고 먹어버려도 되는 아이들이라는 거?"

"예. 하지만 그들은 사형수가 아닌 지원자입니다. 상응하는 취급을 약속하셨으면 합니다."

"상응 같은 식으로 애매하게 말해도 몰라. 어떻게 특별히 취급해달라는 거야?"

그 말에 스무 명 중 한 사람이 앞으로 나왔다.

얼굴에 상처가 있는, 대머리 남자. 한 눈에 전쟁에서 살아남았음을 알 수 있는 풍채였다.

덧붙여서 말하면, 얼굴 생김새가 휴먼 기준에서 말하면 무척 좋지 않았다.

10단계 평가로 외모를 표현한다면, 솔직히 1이다. 베스트 원이 아니라 워스트 원이다. 그중에는 2 정도의 남자도 있지만, 크게 다르지는 않았다.

서큐버스의 감각으로 말하면 잘 내어줄 것 같아서 좋은 얼굴이지만.

"저는, 서큐버스를 아내로 맞이하였으면 합니다!"

그 '특별한 취급'은 이루어줄 수가 없다.

컬리케일은 슬픈 표정으로 고개를 가로저었다.

"안타깝지만, 우리나라에서는 휴먼처럼 남녀 한 사람씩 혼인을 할 수는 없어. 지원해 주었는데 미안하지만, 매일 열 명은 상대하게 되겠지…… 그리고, 알고 있을 거라 생각하지만, 서큐버스는 휴먼 아이를 낳을 순 없어."

"말을 잘못했습니다! 귀여운 서큐버스랑 알콩달콩 쪽쪽 할 수 있다면 그걸로 충분합니다!"

열 명이라는 말에 남자의 콧김이 거칠어졌다. 눈에도 핏발이 섰다.

컬리케일은 이유를 알 수 없지만 어째선지 흥분한 모양이었다.

"그건 요컨대, 평범하게 식량으로 먹어달라는 거야?"

"그렇게 되는 겁니까? 먹힌 적이 없으니 모르겠습니다만."

"실례 아냐?"

"실례 아닙니다."

"흐응."

오히려 휴먼은 그런 것을 싫어하지 않나.

컬리케일은 그렇게 생각했지만, 본인이 나서서 다른 종족의 식량으로 지원해준 휴먼이니까 평범한 감각을 가지고 있지는 않을 것이다.

"저는!"

다음으로 나선 것은 음울해 보이는 남자였다.

한마디로 말하면 체취가 무척 지독했다. 며칠 정도 씻지 않은 것 같은 집단에서도, 월등하게 냄새가 났다. 입에서도 어쩐지 악취가 났다.

물론 서큐버스의 기준에서는 식욕을 돋우는 향기였다.

"그, '한창 할 때'에 싫다는 표정을 짓지만 않는다면…… 저기, 가능하다면 연기라도 좋으니까 기뻐하는 표정을 지어준다면!"

"먹게 해주는데 싫은 표정을 지을 리가 없잖아? 당연히 다들 엄청 기뻐하겠지. 당신을 먹을 때는, 특히 다들 황홀해 할 거라 생각해."

"그런, 겁니까?"

"그래. 하지만, 그렇지. 그러니까 당신도 평범하게 먹어달라는 거지?"

컬리케일은 왜 이 남자가 그런 이야기를 꺼냈는지 알 수 없었다.

그녀는 모른다.

휴먼 중에는 전후에 결혼은커녕 직업조차 잃고서 도적이 된 사람이나, 그렇지 않더라도 여러 나라를 방랑할 수밖에 없는 신세가 되어버린 사람이 잔뜩 있다는 것을. 그리고 그런 사람들 중에는 휴먼 여성이 상대해주지 않는 사람이 많다는 것을.

그 자리에 있던 것은 휴먼 여성이 상대해주지 않는 것은 물론, 다른 나라의 여성들도 외면했던 사람들뿐이었다.

"저는——."

그리고 남자들은 차례차례 자신의 욕망을 입에 담았다.

그것은 휴먼의 입장에서는 "우와, 너무해"라고 그럴 법한 이야기뿐이었지만, 서큐버스의 입장에서는 전부 "요컨대 평범하게 먹어달라는 거네"였다.

"그러니까 당신들은, 진심으로 우리의 '식량'이 되어주려고 여기로 왔다는 거지?"

"아, 예⋯⋯."

이윽고 전원의 자기소개가 끝났을 때, 서큐버스 퀸의 목소리는 몹시 낮아져 있었다.

눈빛도 굉장히 강했다.

남자에게 서큐버스는 천적이다.

아무리 강할지라도 매료를 쓸 수만 있다면, 평범한 하급 서큐버스에게도 저항할 수 없다.

그런 가운데도 톱클래스의 서큐버스가 눈빛을 빛내니 남자들은 그저 떨 수밖에 없었다.

솔직히 그들은 성욕에 졌을 뿐이었다.

비스트 셋째 공주의 결혼식을 핑계로 자신도 비스트 여성과 결혼할 수 있다면 좋겠다고 노력해봤지만 눈길도 받지 못하고, 오랜 여행으로 돈도 떨어지고, 이윽고 산적 따위에 몸을 던지더라도 금세 토벌당해서 죽을 것이라 생각하던 참에, 나자르로부터 권유를 받았다.

서큐버스가 궁핍하다는 것 따위는 아무래도 상관없었다.

죽기 전에, 서큐버스가 상대라도 좋으니까, 좋은 경험을 하고 싶다.

그렇게 생각한 것만으로, 어슬렁어슬렁 서큐버스의 나라까지 와버렸다.

그러니까 서큐버스를 흔한 창부나 마찬가지로 취급하려고 했다.

그런 부정한 생각을 서큐버스 퀸이 꿰뚫어봤다.

그렇게 생각해서 무심코 자세를 바로잡았다.

"……."

맥없이 이 자리에서 죽을 때까지 빨릴지도 모른다.

그렇게 걱정하던 참에, 여왕은 자세를 고쳤다.

그리고 휴먼 방식으로 우아하게 머리를 숙였다.

"휴먼의 조력에 감사드려요. 저 서큐버스 퀸 컬리케일, 굶주림에 힘겨워하는 모든 서큐버스를 대신해서 진심으로 감사드립니다."

고개를 든 컬리케일은 부드러운 미소를 머금고 있었다.

남자들은 어안이 벙벙했지만 점차 얼굴이 풀어지더니 수줍게 웃었다.

전후, 애써 꾸며내지 않은 여성의 미소를 마주한 적 따위는, 아니, 꾸며낸 미소조차도 거의 마주하지 못한 사람들이었다.

그런 그들에게 컬리케일의 미소는 너무나도 눈부셨다.

야한 복장의 여자가 빈틈없이 앉아 있는 것도 너무나도 눈부셨다.

"이 알현이 끝나면 바로 방으로 안내할게요. 요청 사항은 근처에 있는 자에게 뭐든 말씀해주세요. 니오. 이분들을 '식당'으로 안내해줘."

"예!"

컬리케일의 말에 니오가 남자들을 데리고 나갔다.

남자들은 지금이야 서큐버스의 엉덩이를 바라보며 인중을 늘이고 있지만, 매일의 '식사'가 자신들이 생각하는 것보다 훨씬 중노동임을 언젠가 깨달을 것이다.

하지만 한동안은 행복한 나날을 보낼 것임은 틀림없었다.

"나자르 전하. 급한 상황임에도 불구하고 스무 명이나 '식량'을 모아주셔서, 진심으로 감사드려요."

"아니, 오히려 너무 적어서 미안하다고 생각합니다. 본국으로 돌아가면 본격적인 지원을 의제로 낼 생각입니다. 그쪽은 무척 어려울 것 같으니까, 크게 기대하진 않으셨으면 좋겠습니다만."

"그 마음만으로도 그저 감사드릴 따름이에요."

"……아아, 서큐버스가 존댓말을 사용하는 건, 어쩐지 이상한 기분이네요."

"서큐버스는, 진정으로 존경하는 상대에게만, 존댓말을 사용하죠."

"그건 영광입니다."

나자르는 부드럽게 웃으며 문득 떠올랐다는 듯 말했다.

"다만, 저보다도 훨씬 더 감사했으면 하는 분이 있어서 말이죠."

"그건?"

"이름은 말할 수 없지만…… 긍지 높은 남자라고 말해두죠."

"아아."

컬리케일은 나자르가 무슨 말을 하려는지 이해하고, 표정이 풀어졌다.

"물론이에요. 우리 서큐버스는 그가 바란다면 모든 세력이 나서서 조력할 거예요."

컬리케일은 전날까지 이 나라에 있던 그린 오크를 떠올렸다.

서큐버스를 위해 그만큼 최선을 다해준 오크는, 틀림없이 이제까지 단 하나도, 그리고 앞으로도 단 하나도 나오지 않을 것이다.

오크란 본래 욕심만 가득한, 지저분한 종족이니까.

하지만 단 하나, 긍지 높은 전사가 있는 것만으로 종족으로서의 가치는 크게 올라가는 것이다.

"설령 그것이 서큐버스를 위기로 몰아넣는 일일지라도……."

서큐버스의 성역은 파괴당했다.

하지만 오랜 서큐버스의 말은 잊지 않았다. 역사는 잊지 않았다.

긍지를 잃지 않았듯이.

그렇다면 자신은 성역의 파괴를 겪은 여왕이라는 오명과 함께, 둘도 없는 영웅에게 보답한 여왕이라는 이름을 새기자.

"서큐버스는 반드시 은혜를 갚으니까요."

컬리케일은 요염하게 웃는 것이었다.

후기

여러분, 별일 없으셨습니까. 리후진 나 마고노테입니다.

우선은 이 자리를 빌려서, 『오크 영웅 이야기』 제5권을 손에 들어주신 여러분께 감사를 드립니다.

여러분, 정말 감사합니다.

이번에도 기운차게 근황 보고를 드릴까 합니다.

어, 작품에 대해서 적으라고요?

이것 참, 물론 저로서도 5권에 대한 이야기를 술술 적고 싶거든요.

하지만 오크 영웅 이야기는, 스스로 말하는 것도 뭣하지만 엄청 재미있잖아요. 이런 곳에서 5권에 대해 고생한 이야기 따위를 적어봐야, 그 재미가 희미해질 뿐이지 않을까 싶기도 하거든요.

그럴 일 없다? 그런가, 그럼 조금 적어볼까요.

이번에 배시 일행이 방문한 곳은 서큐버스의 나라.

이 나라를 처음 구상한 것은 무척 이른 단계부터였습니다.

서큐버스는 여자뿐인 세계라서 남자가 적고, 여자가 남자를 원하는, 이른바 정조 관념 역전 세계. 배시는 서큐버스들에게도 존경받고 있다. 배시가 서큐버스의 나라에 가면, 그 나라에서는 배시를 이제까지는 생각할 수 없었을 만큼 잔뜩 추어올린다. 서큐버스는 엄격한 군인 사회라서 여왕 아래에 통솔이 잡혀 있지만,

말투는 서큐버스다운 느낌으로 한다…….

이런 개별적인 재료는, 떠올렸을 때에는 무척 재미있게 느껴졌지만, 하지만 그런 재료가 거듭 쌓이면 쌓일수록 스토리를 생각하는 것이 어려워집니다.

그래요, 이런 개별적인 재료는 아무리 재미있더라도 스토리에는 일체 관계가 없는 겁니다.

오히려 배시가 서큐버스의 나라로 간다면, 그곳에서 단숨에 동정을 잃어버려서 이야기도 끝나버리는 겁니다.

그러니까 배시가 서큐버스를 품지 않을 이유를 생각해야만 했고, 그 이유를 무릅쓰고서라도 서큐버스의 나라로 가야만 하는 이유를 생각해야만 했죠.

그래서 떠올린 것이『물의 정령』이고, 루도와 루카 남매라는 겁니다.

게다가 4권부터 시작된 게디구즈 부활 대작전의 요소도 한 꼬집.

서큐버스의 나라 편 완성입니다.

요소가 조금 지나치게 많아져서 루도와 루카가 붕 떠버린 것은 반성할 점입니다만, 이 이상은 떠오르지 않았으니까 어쩔 수 없겠죠.

여하튼 그런 이야기를 염두에 두고 이번 5권을 다시 읽어보면, 제 창작 방법이 어렴풋이 비쳐보여서 재미있을지도 모르겠네요.

자, 그래서 이번에도 페이지가 남아버렸기에, 근황 보고를 드릴까 합니다.

지난번, 이런저런 일이 있어서 좀비가 되어버리고, 온갖 생명체를 덮치며 영원한 시간을 보내고 있었습니다만, 세상에나, 전날 좀비에서 치유될 수 있었습니다!

이것 참—, 길었죠. 실시간으로 100만년 정도 지났을까요. 뇌가 썩었으니까 시간이 지났다는 느낌은 그다지 느끼지 않지만요. 체감으로 1년 정도입니다.

참고로 그 100만년 동안에 시대가 빙글빙글 돌아서, 인류는 세 번 정도 멸망한 모양입니다. 인류가 어딘가의 행성에서 발생했다가 멸망하고, 또 다른 행성에서 인류가 발생했다가 멸망하고, 그리고 또 다른 행성에서 인류가 발생했다가 멸망한다는, 그런 느낌으로.

100만년이나 있으면 다른 행성에서 완전히 똑같은 진화를 이루어내는 생물도 있는 법이군요.

주어진 환경과 조건이 같다면 결과도 같아진다는 거겠죠.

그러니까 엄밀하게는 저는 초고대문명인이라 지금의 인류와는 다르다는 겁니다.

그렇지만 여러분도 아시다시피, 저는 딱히 똑똑하지도 않은 소설가니까 초고대문명인이라고 해도 특별한 힘은 전혀 없습니다.

하지만 저를 좀비에서 소생시킨 사람들은 말이죠, 저한테 싸우라고 그러더군요.

아무래도 그들은 이른바 『악의 조직』인 모양이라서요, 저 같은 초고대문명인을 되살려내어 괴인으로 사역하고, 세계 정복을

꾀하는 것 같습니다.

어리석은 일이라고요. 초고대문명인이니까 강하다고 단정할 수는 없는데.

말은 그러지만 저도 세계 정복에는 일가견이 있습니다. 여하튼 저는 전직 좀비. 인류를 멸망시킨 존재 중 하나였다는 거니까요. 뭣하면 스페이스 좀비로서 다른 인류도 한 번 멸망시켰고.

그러니까 한 번 열심히 해볼까 싶습니다만, 어쩐지 지금부터 괴인 사이에 서열을 정하기 위해 토너먼트를 진행한다고 합니다.

그건 사양하고 싶은 참이지만, 이것도 조직에 들어가 버린 이상 숙명이겠죠.

한 번 열심히 해볼까 싶습니다.

자, 길어졌습니다만…….

이번에도 멋진 일러스트를 그려주신 아사나기 씨, 『무직전생』일 탓에 주력하지 못하여 큰 폐를 끼쳤습니다 편집 K 씨, 그밖에 이 책에 관여해주신 모든 분들. 또한 소설가가 되자 쪽에서 갱신을 기다려주시는 독자 여러분.

이번에도 정말로 감사했습니다.

제가 이 지옥의 토너먼트에서 살아남는다면, 6권에서 또 만나죠.

리후진 나 마고노테

ORC EIYU MONOGATARI Vol.5 SONTAKU RETSUDEN
©Rifujin na Magonote, Asanagi 2023
First published in Japan in 2023 by KADOKAWA CORPORATION, Tokyo.
Korean translation rights arranged with KADOKAWA CORPORATION, Tokyo.

오크 영웅 이야기 5 ~촌탁 열전~

2024년 2월 15일 1판 1쇄 발행

저 자	리후진 나 마고노테
일 러 스 트	아사나기
옮 긴 이	손종근
발 행 인	유재옥
이 사	조병권
출판본부장	박광운
담 당 편 집	정영길
편 집 1 팀	박광운 최서영
편 집 2 팀	정영길 조찬희 박치우 정지원
편 집 3 팀	오준영 이해빈 이소의
디자인랩팀	김보라 박민솔
디지털사업팀	박상섭 김지연 윤희진
라이츠사업팀	김정미 맹미영 이윤서
영업마케팅팀	최원석 박수진
물 류 팀	허석용 백철기
경영지원팀	최정연
인쇄제작처	㈜코리아피엔피
발 행 처	㈜소미미디어
등 록	제2015-000008호
주 소	서울시 마포구 토정로222, 403호 (신수동, 한국출판콘텐츠센터)
판매 및 마케팅	(070) 8822-2301

ISBN 979-11-384-2514-8 04830
ISBN 979-11-384-1035-9 (세트)